飛月悲歌

비월비가

飛月悲歌

비월비가

산수화 신무협 장편 소설

성주출현(城主出現)

5

뿔미디어

차례

1.
생사간극(生死間隙) (1)

노인이 소년의 손에 검을 쥐어 주었다.

"자, 그게 아니다. 검파(劍把)를 쥘 때는 새끼손
가락부터 세심하게 하나씩, 하나씩. 그렇지. 엄지는
살짝 덮고, 옳지. 그렇게 힘을 너무 주면 안 된다.
조금 더. 아니, 조금 더 빼라. 맞다. 딱 그 정도 느
낌으로 쥐면 된다. 손목은 유연하게 하고. 어깨에 힘
을 빼라. 자, 검의 무게감이 느껴지지? 그 다음은
서있을 최소한의 힘만 유지한 채 천천히, 천천히 온
몸의 힘을 뺀다. 그렇게 나를 잊고 검의 무게를 확연
하게 느낄 수 있을 때가 되어야 비로소 네가 쥐고 있

는 검의 본질에 한 걸음 다가설 수……."

"할아버지."

"응?"

"이런 거 그만하고 검술을 알려 주면 안 되나요?"

노인이 소년의 머리에 알밤을 먹였다.

딱!

소리가 시원스럽게 울린다.

"예끼, 이놈아. 검도 제대로 쥐지 못하는 놈이 무슨 검술은 검술이야!"

소년은 아픈 머리를 만지며 심통 난 표정으로 말했다.

"큰형님은 벌써부터 스승님의 진산절기를 배우고 있다고요. 둘째 사형도 그렇고. 저는 왜 검술은 안 가르쳐 주고 만날 검만 쥐고 있어야 해요?"

"이놈아. 검을 제대로 쥐어야 검술을 가르치든 말든 할 게 아니냐."

"어렸을 때부터 검은 제대로 쥐고 있었다고요."

"허! 이놈 보게? 잘 듣거라. 대저 검을 제대로 쥔다는 것은 제멋대로 마냥 편하게 쥔다고 다가 아니다. 검을 제대로 쥔다는 것은 곧, 바르게 쥔다는 것이야. 내 수십 년 동안 강호를 돌아다니면서 자칭 검도의 고수라는 것들 무수하게 봐 왔지만, 그중 검 제대로 쥐는 놈을 몇 못 봤다. 내공이 빵빵하니 몸이 튼튼하니 그런 건 차후 문제야. 내공이 없고 육체가 부실해도 검을 제대로 쥘 수 있다면 천하에 산재한 어떠한 검술도 어려울 것이 없느니라."

"말도 안 돼."

"이것이 나이도 어린 주제에 웬 의심이 이렇게 많으냐?"

"할아버지는 한 번도 나한테 검술을 보여 준 적이 없잖아요. 다른 사람들 말을 들어 보면 사부만큼 강한 것 같은데, 그거 그냥 소문 아니에요? 설마 가르칠 만한 공부가 없으니까 이런 걸로 때우는 건 아니죠?"

소년의 머리통에 다시 한 번 알밤이 작렬했다.

이번에는 상당히 아팠는지 소년은 바닥을 데굴데굴 굴렀다.

"이놈아, 이래 봬도 이 할애비가 천하에서 검(劍)으로 제일이라는 사람이다. 너는 지금 천하제일검(天下第一劍)에게 수학하는 것이야. 천금을 줘도 못

얻을 강의니까 그냥 새겨들어. 알겠느냐?"

"쳇, 알겠어요."

노인이 빙그레 웃음을 지었다.

"자, 그럼 다시 검을 쥐어 볼까?"

"그런데요, 할아버지."

"음?"

"진짜로 검술은 안 가르쳐 줘요?"

노인은 이번에도 때리진 않았다.

다만 더욱 깊은 웃음만을 지어 줄 뿐이었다.

"네가 지금 바르게 쥐려 하는 술(術)이, 곧 법(法)이고, 훗날에는 도(道)가 될 것이다. 지금은 모르겠지만 온전히 만검(萬劍)을 쥘 수 있다면 천하 검인(劍人)들이 네 발 아래에 있을 것이다."

*　　　　*　　　　*

진조월의 손에 파검이 쥐었다.

반 토막이 나 버린, 심지어는 날조차 나무꾼의 도끼처럼 뭉툭한 파검은 여전히 볼품이 없었다.

그간의 살육을 반복하면서 당무환이 상당 부분 억

제하고 씻어 냈던 귀기와 사기(死氣)는 오히려 더 거세어져 있었다.

존재 자체만으로도 불길하기 짝이 없는 마검.

평범한 사람이 검을 쥐면 검 자체에 내재된 무자비한 마성에 지배를 당하게 될 것이다.

그것은 박대정심한 정종의 내가심법을 익힌 무인이라 하여 피하기 힘들다.

공력의 깊이가 놀랍고 깨달음의 경지가 드높은 무인이라 할지라도 파검을 온전히 다루기가 힘들 것이다.

그러나 이 역시도 검은 검.

바르게 쥔다면 사용하지 못할 까닭이 없다.

그는 가만히 눈을 감고 생각했다.

'검을 쥔다는 것은 힘을 쥔다는 것.'

한낱 광물에 깃들 정도로 거센 귀기였다.

그러나 검을 제대로 쥘 수만 있다면 귀기든 사기든 마기든 사람을 상하게 하지 못한다.

오히려 검에 깃든 기운마저 이용할 수 있는 파격적 운용법까지 생각할 수 있다.

권법을 행함에 있어 주먹을 쥐는 것도 같은 이치.

손에 잡히는 것이 검이든 창이든 그 무엇이든, 힘을 쥐는 방법에는 변함이 없다.

잡는 방법이 다르다 한들 '바름'을 지키고 진리에 몸을 맡긴다면 세상에 다루지 못할 병기가 없고 무엇에 현혹될 최소한의 가능성조차 사라진다.

이제야 비로소 진조월은, 장만위가 말했던 진짜 '바름'을 깨닫는 기분이었다.

정확하게 이것이다, 라고 확신할 수 없지만, 한 발자국 더 나아간 기분.

말로도 글로도 형용할 수 없는 나 자신의 깨달음이 검을 쥔 손 안에 녹아 있었다.

조용히 눈을 감고 손 안에 들어선 힘을 음미하던 진조월이 다시 눈을 떴다.

차갑고 단단한 눈빛은 여전하지만, 그 속에 깃든 한 자락의 여유로움은 분명 이전과는 달랐다.

마주 보는 장만위가 가만히 미소를 지었다.

그 미소가 말해 주고 있었다.

바름으로 가는 길을. 무도(武道)의 성장을.

마도오대검공? 천하제일마공?

검법, 검술의 위력은 지극히 뛰어날 수 있으며,

무공 자체의 수준이 실로 높다는 건 의심할 나위가
없다.

그러나 지금에 있어서 진조월은 실상 마도의 절학
이니 몇 대 무공이니 하는 것들이 별무소용임을 느
낀다.

검은 그저 검으로 온전히 존재한다.

뻗어 나가는 길은 검이, 손이, 어깨가, 몸이 가르
쳐 준다.

정종의 무공이든 마도의 무공이든 결국 몸을 움직
이는 무학의 본질은 하나.

무엇으로 나뉠 수밖에 없었다, 함은 결국 가지처
럼 뻗어 나간 세상 모든 무학이 최초에 하나였다는
반증이다.

그저 손안에 가득 들어찬 힘을 휘두르면 그뿐.

그것이 곧 무술이 되고 무예가 되며 무공이 되는
것.

파검에 내재된 귀기가 제멋대로 요동치며 사방으
로 뻗어 나가고자 하나, 정작 파검을 쥔 진조월의 분
위기는 묵직하고 고요했다.

기(氣)는 땅으로, 신(神)은 하늘로, 마음 가득한

정(精)은 가슴 안에 둔 채로 손에 검만 들렸다.

천하 무학의 시작과 끝이 여기에 있었다.

스스로 눈이 반개한지도 모른 채, 진조월의 몸은 구름을 닮은 듯 안개를 닮은 듯, 부동으로 흩어진다.

"상당히 좋구나."

장만위는 한마디로 평했다.

"제대로 검을 쥐지 못했던 과거, 그저 강대한 힘만을 담아 둔 채로 휘두른 섣불렀던 그때가 너라면 지금이야말로 검에 휘둘리지 않을 정심을 담았다."

장만위의 손가락 하나가 들리고, 천천히 허공에 그림을 그렸다.

나비와도 같이, 흩날리는 눈꽃송이와 같이, 대지로 꽂히는 벼락과 같이.

손가락 하나가 만들어 내는 광경이라고는 상상하지 못할 정도로 변화무쌍한 모습들이었다.

빠르지도 느리지도 않았지만, 검제의 손가락에서 흐르는 선(線) 하나, 하나에는 자연에 속한 모든 직선과 곡선들이 응집해 있었다.

그 자체만으로도 완성된 무학이었다.

"신공이든 마공이든 그것을 담아내는 것은 사람의 육신이다. 주먹질이든 칼질이든 그것을 행하는 것은 사람의 손이다. 즉, 나 자신만 제대로 깨우칠 수 있다면 천하의 어떠한 공부도, 무도도 어려울 까닭이 없다."

여전히 스스로 무엇을 하고 있는지도 모른 채, 진조월이 검을 휘둘렀다.

장만위의 손가락이 만들어 내는 그림과 전혀 다른 선들의 합이었지만 언뜻 사이사이에는 이전의 파격적인 강함이 보이지 않고 묵직한 검력(劍力)만이 떠돌다 사라진다.

장만위의 얼굴에 흡족한 미소가 어렸다.

"바로 그것이다. 혈예수라검, 절대마검식이라 불리는 천마의 검은 그 자체만으로도 천하에 짝을 찾기 힘든 절학이라 하나, 그것을 휘둘렀던 이가 천마였기에 최고라 불리었던 것이다. 답습만으로는 천마의 영역에 도달할 수 있을지언정 더 나아갈 길은 보이지 않을 터. 네가 배웠던 모든 것들을 너만의 검으로 유장하게 펼쳐 낼 수 있을 때, 너만의 새로운 무학이 모습을 드러내게 될 것이다."

순간 진조월의 눈이 번쩍 뜨였다.

형형한 안광.

그러나 천고의 마공이라는 군림마황진기의 광채
라 하기에는 위엄 속에 깃든 부드러움이 참으로 낯
설다.

마공이되, 스스로의 깨달음으로 녹인 또 다른 무
공이 여기에 있었다.

웅크리고 있었던 광야의 괴물.

마신의 힘.

머리로 무한의 천기(天氣)가 쏟아지고 세상이 아
찔하게 펼쳐지고 있었다.

핏빛과 화염의 적색을 함께 품어냈던 광야법공의
광기마저도 그의 그릇 안으로 서서히 회귀한다.

천마절학 군림마황진기와 오왕의 광야종, 광야법
공이 믿을 수 없게도 서서히 합쳐지고 있었다.

마기가 깃들되 공포와는 거리가 멀다.

광기가 배회하되 난폭하지 않다.

태어나길 그리 태어났던 진조월의 성정, 얼음처럼
둘러쳤던 방벽이 무너지고 본래의 성정이 고개를 들
었다.

동시에 이후 겪었던 온갖 환란과 경험들이 그 위로 덮어졌다.

자아(自我)가 조화롭다.

무당 도사들이 말하는 태극(太極)의 원이 이러할 것인지, 진조월은 돌고 돌아서 어느새 완벽한 원형을 찾아낸 스스로를 깨닫게 되었다.

음과 양이 공존하는 인간성.

마땅히 다르지만 결코 떨어질 수 없는 두 개의 천리.

음험한 지옥의 마기가 깨끗하게 씻어지고 난폭했던 광야의 진력은 그저 강대한 힘만을 심장에 새긴 채로 자연 속으로 돌아갔다.

어느 하나의 기질로 판단하기 어려운 기운이 맴돌고 있다. 편협하게 일어난 진기가 마침내 혼돈 속에서 자유를 찾는다.

무극(無極).

만물의 생하게 하는 기(氣). 사람의 언어도 감정도 생각조차도 모두가 기의 조화라면 스스로가 완전한 자각을 이루었을 때 체내에 들어찼던 기(氣)의 성질도 깨달음을 따라가기 마련.

아무나 도달할 수 없는, 그러나 도달하는 순간 두 눈으로 우주를 보게 되는 극한의 체험을 진조월은 하고 있었다.

아직은 법문조차 제대로 만들어 내지 못한 채, 구결조차 만들지 못한 채.

스스로가 무의식적으로 창안해 버린 그만의 신공절학(神功絕學)이었다.

야차왕으로 깨어나 오왕으로 변모한 남자가 훗날 절대적 무력(武力)의 화신(化神), 철혈제(鐵血帝)라 불리게 되는 데에 결정적인 역할을 할 독문무공 마제신기(魔帝神氣)가, 처음으로 고개를 드는 순간이었다.

*   *   *

이름 모를 야산에서 처음 깨어난 진조월은 장만위를 보며 다짜고짜 검을 뽑았다.

신의건의 만류도, 문아령의 제지도 소용이 없었다.

깊은 내상을 입었음에도 찰나지간 파검을 뽑은 그

가 지체 없이 장만위에게 뛰어들었다.

놀라움의 순간, 경악의 순간이었다.

하지만 장만위는 능히 예상했다는 듯 가볍게 그의 검을 막아 주었다.

검을 떨쳐 내고 천지가 뒤바뀔 싸움이 한 번 끝난 이후 다시 깊어진 내상 때문에 진조월은 기절했다. 그리고 다시 깨어나 검을 휘두르기를 몇 번.

열흘이나 반복이 되었던 그와 같은 기묘한 상황에서 신의건과 문아령만이 어쩔 줄 몰랐다.

다만 한 번씩 싸울 때마다 장만위의 눈은 깊어졌고 진조월의 분노와 한은 점점 빛을 바랬다.

스승에게 투정을 부리는 제자와 같이, 모든 울분을 토해 낸 진조월.

제자의 투정을 당연하다는 듯 받아 주는 스승 같이 모든 검력을 받던 장만위.

마침내 여섯 번의 기절에서 깨어난 진조월은 가만히 앉아 장만위와 대화할 준비를 마쳤다. 깊은 내상으로 초췌해진 얼굴과 조금은 마른 몸은 곧 죽어도 이상하지 않을 정도였지만 그의 눈만큼은 이전의 혼란스러움을 말끔히 씻어 내고 묵직함만을 표하고 있었다.

장만위 역시 그의 맞은편에 앉아 진조월을 바라보았다.

둘은 한참 동안이나 입을 열지 않았다.

그저 상대방의 눈을 바라보고 가끔은 표정을 찡그리기도, 가끔은 피식 웃기도 하는 이해 못할 행위만을 주고받았을 뿐이다.

신의건과 문아령은 멀찍이서 두 사람을 지켜보았다.

그러기를 얼마나 지났을까.

밥조차 먹지 않고, 잠도 자지 않은 채 꼬박 하루가 지나고 난 이후 먼저 말을 한 것은 진조월이었다.

진조월의 첫 마디는 신의건에게나 문아령에게나 놀랄 만한 것이었다.

"조금 더, 단련을 해야 하겠습니다."

장만위는 고개를 끄덕이며 편안하게 웃어 주었다.

"이전이라면 만용과 객기라 보며 막겠으나 눈을 뜬 너라면 이야기가 다르지. 여전히 감당하기 힘든 길이지만 한 자락 도움 정도는 줄 수 있을 터. 그것으로 모든 해결의 실마리를 보겠다. 너의 살검(殺劍), 내가 새로 쥐어 주겠다."

그렇게 한 달이나 지속되었던 대무(對武)였다.

노숙을 한 채, 씻지도 않고 두 사람은 그렇게 검과 검을 맞대며 살았다.

만약 신의건과 문아령이 직접 먹을 것을 구해 오지 않았다면 굶어 죽을 때까지 그러고 있었을 광경이었다.

그리고 마침내 오늘, 진조월은 각성했다.

*   *   *

"본래의 선한 품성, 그 위로 마공의 파격을 씌웠구나. 경험에서 우러나오는 생사의 격렬함이 녹았지만 결국에 본질은 순하고도 순하다. 위엄 서린 강자의 진기(眞氣)나, 도도하게 흐르는 모양새가 강물과 같다. 제왕의 품격이 느껴지는 기운이다. 마공으로 시작했으나 가히 천하정점을 넘볼 만한 신공에 다름이 아니니 이름을 마제신기(魔帝神氣)라 칭함이 어떠냐."

사람이 무도에 눈을 뜨게 되면, 그것이 검이든 창

이든 중요하지 않다. 구검(求劍)의 도(道)를 행하며 살아왔던 장만위의 눈에 진조월의 체내에 흐르는 기운은 눈에 잡힐 듯 선명하게 보였다.

마제신기.

진조월은 가만히 주먹을 쥐었다. 주먹을 쥐자마자 번개가 내려치는 속도로 모이는 진기가 실로 놀랍다.

이전보다 한층 강건하고 웅장하나 묘하게 격렬하지는 않다.

정점에 앉은 자, 제왕의 안온함이 그대로 느껴지는 진기.

어떻게 이러한 기운이 만들어진 것인지 알 수가 없었다.

한순간의 깨달음이니 모든 것을 받아들여라, 라고 생각하기에는 진조월의 성정이 그리 잔잔하진 않았다.

문득 그의 눈에 장만위의 얼굴이 보였다.

원래도 늙었지만 한 달 동안 유난히 늙어 보이는 얼굴이었다.

이전보다 주름의 수가 늘었다. 어쩐지 진력이 빠

져나간 느낌이었다.

이제야 비로소 진조월은 알 수 있었다.

한순간의 깨달음이라 한들, 스스로 그것이 무엇인지도 모른 채 신공이라 불릴 만한 무학을 창조해 낼 수 있을 리가 없다.

진조월이라는 질 좋은 땅에 씨가 뿌려져 있었다면 그 위로 장만위의 대해와 같은 힘이 포개져 비를 불렀다.

그래서 나타난 것이 마제신기인 것이다.

광대한 힘의 상당 부분을 진조월에게 쏟아부은 것이다.

장만위가 가만히 웃었다.

"별 것 없다. 말이 좋아 신검현기(神劍玄氣)였지, 남아도는 기운이었을 따름이야. 그것이 쓸 만한 사람에게 돌아갔다면 그것으로 된 게지. 이전에도 이후에도 내 이름은 장만위이며 누구도 검으로는 내 위에 두지 않을 검제다."

평온한 가운데 자부심이 느껴지는 어조였다.

본신진기의 상당 부분을 떼어 가도, 팔 하나가 날아간다 한들 그는 불패의 검제였다.

진조월은 가만히 그를 바라보다가 이내 고개를 슬쩍 숙였다.

"이 힘, 감사히 받겠습니다."

장만위가 고개를 저었다.

"인과관계도 천명, 맴돌던 힘이 움직이는 것도 천명이다. 내 오롯이 검으로 우뚝 서고 싶은 마음에 하늘을 등한시한 채로 살아왔으나 이제야 조금이나마 천리라는 것을 수용할 만한 가슴이 생기나 보다. 네 가슴 깊숙한 곳에 도사리고 있는 한(恨)을 알고 성주의 야망을 알기에 피치 못할 피가 흐르게 됨을 예상하고는 있다. 그래도 부디 그 속에서 현명한 판단을 향하길 진심으로 기원하겠다."

거대한 산 하나라도 통째로 베어 버릴 것만 같은 이전의 예기는 어디로 갔는지, 지금의 장만위는 완전히 도인의 그것처럼 허허로운 기운만 품고 있었다.

믿을 수 없는 변화였다.

사람이 달라진 것 같았다.

신의건이나 문아령이나 이해할 수 없는 변화였지만 진조월은 한 점 어색함도 없이 가볍게 고개를 숙였다.

"어디로 가십니까."

"글쎄다. 검 하나를 쫓아 백수십 년을 살아왔으나 정작 죽을 때가 되어서야 좁아 터진 가슴을 열어 두니 되레 당황스럽다. 무엇을 할지는 이제부터 나 역시 고민해야 하겠지."

진조월이 가만히 하늘을 바라보았다.

겨울의 기세는 어디로 갔는지, 미약한 한기는 여전하지만 내리쬐는 햇살은 포근하기 짝이 없었다.

느끼지도 못하는 사이 봄이 온 것이다.

어찌 된 일인지 천리신응도, 까마귀도 한 달 동안 자신을 찾지 않았다.

어떤 조화인지 알 수는 없었지만 이제는 안 된다.

해야 할 일은 해야 한다.

철혈성주를 찾아가는 것.

가장 중요한 일일 것이다.

그러나 그보다 먼저 선행되어야 하는 것은 만나지 얼마 되지도 않은, 하지만 '동료'라는 두 글자로 묶여 버린 그들의 행방과 안전이었다.

스스로를 정확하게 바라보고 찾기 위해, 불안정한

악기(惡氣)를 걷어 내기 위해 한 달을 보냈다.

한 달간의 자기수양으로 마음의 안정을 찾고 무공마저 가일층 진보했다면 참으로 값진 시간이라 할 수 있지만, 그들에게 어떤 위험이 들어섰는지는 알기 힘들다.

얼음처럼 차가웠던 진조월의 얼굴에 조그마한 걱정이 스치고 지나갔다.

장만위는 그런 진조월을 보며 다시 웃었다.

"보기 좋구나."

"……?"

"나는 가슴에 검(劍)만 품었고, 너는 가슴에 한(恨)만 품었다. 그러니 자연 편협해지니 좌우를 살피지 못했던 것이지. 지금 너의 얼굴에서는 사람으로서 마땅히 가져야 할 감정이라는 것들이 보인다. 그렇게 살아가면 되는 것이다."

그가 어딘지 모를 수풀 쪽으로 손을 뻗었다.

그러자 수풀에서 한 자루 검이 둥둥 떠서 다가왔다.

검파부터 검집까지 은은한 먹물빛을 띠고 있는 검이었다.

보통 검보다 검신(劍身)이 다섯 치 정도 더 길었고 폭도 약간 더 넓었으며 검파 역시 십 촌이 조금 넘는지라 쌍수검(雙手劍)의 형상을 하고 있었다.

조금만 더 두껍고 길었다면 군부에서 사용하는 장군들의 장군검(將軍劍)이라 해도 믿었을 것이다.

허공에 둥둥 뜬 검이 저절로 검집에서 나와 아름다운 자태를 뽐냈다.

화려하진 않지만 손잡이와 같이 어두운 빛깔을 부리고 있는 검신에서는 세월의 풍상을 맞은 고즈넉함이 절로 보였다.

평범하나 평범하지 않은 검.

진조월의 눈이 침침하게 가라앉았다.

과거, 검제라는 위명을 떨친 그때 북부 전장에서 활약했던 장만위의 독문병기.

창도, 도끼도 그 무엇도 잡지 않고 오로지 한 자루 칠흑과 같은 검으로 적도들을 무차별로 도살하던 공포의 무구가 저 검이었다.

파검만큼이나 많은 피를 묻힌, 그러나 신기하게도 한 점의 귀기가 서리지 않은 독특한 형태의 장검(長劍).

"칠야검(漆夜劍)……."

"언제부터인지 그러한 이름이 붙었더군. 웃기게도 내가 지은 이름이 아닌데 말이야. 하나 남들이 붙여 준 이름이라 한들 이제는 마땅히 달리 부를 이름도 없다. 이 검이 바로 칠야검이다."

제왕병(帝王兵).

제휘신무(帝揮神武) 칠야신검(漆夜神劍).

검의 제왕이 지닌 병기.

색깔은 어두컴컴한 색이었지만 기이하게도 한 줄기 서기가 깃든 듯하다.

침묵 속, 스스로를 돌아보게 만드는 검이었다.

장만위가 검을 검집에 넣고 진조월에게 건넸다.

"받아라."

"……이게?"

"이제야 비로소 바르게 검을 쥐었다지만 아기가 걸음마를 시작했을 뿐. 제대로 쥐기 전까지는 파검의 귀기가 지나치게 강성하여 너의 마음을 비집고 들어갈까 저어된다. 칠야검, 이 검 역시 많은 피를 묻혔다고는 하나, 신검현기의 무한한 공능으로 삿된 기운을 몰아낸 정검(正劍)이다. 필시 네가 가야 할 길에 도움 한 자락 정도는 줄 수 있을 것이다.

받아라."

독문병기는 무인에게 있어서 평생을 함께 한 동지이자 전우이다.

그런 병기를 전한다는 것, 무엇을 뜻하는지 모를 진조월이 아니었다.

한차례 머뭇거림이 있었지만 결국 진조월은 칠야검을 받았다.

손에 잡히는 감촉이 놀라우리만치 역동적이었다.

비록 살기나 귀기가 깃들지 않았다고 하지만 수십 년을 투쟁 속에서 벼려진 검이었다.

다만 그 안에 깃든 검제 장만위의 신기(神氣)만큼은 고요하기 짝이 없다.

단금절옥(斷金切玉)의 신병이기는 아니었지만 장만위의 손에 들렸을 때만큼은 천하의 신병과 다름이 없었을 병기였다.

고요하게 떨리는 칠야검을 보며 장만위가 웃음을 터트렸다.

"허허. 그 녀석도 네가 마음에 들었나 보다. 칠흑의 밤이라는 이름이 붙은 검이지만 언제나 동트기 전이 가장 춥고 어두운 법이니라. 올곧게 사용할 수 있으리라 믿겠다."

한 무인의 인생을 받았고 뜻을 받았다.

진조월은 가만히 눈을 감고 한 달 전, 장만위와 대화했을 때를 떠올렸다.

*　　　　*　　　　*

"화는 풀렸느냐?"

"씁쓸함만 남았습니다."

"그래서 검을 멈춘 것이냐?"

"더 해봤자 무의미하다는 걸 깨달았을 뿐입니다."

"허허. 지금 네가 걷는 그 길도 돌아서면 무의미한 투쟁일 뿐이라. 사내대장부로 태어나 의미 없는 곳에 목숨을 거는 것만큼 미련한 짓이 또 있을까."

"사내대장부로 태어났으니, 혈육보다 진한 정으로 얽힌 전우들의 넋 정도는 달래 주어야 맞겠지요."

"전우라 함은, 함께 출정했던 광무단의 아이들을 말함이냐? 그 야차부대라 불리었다는?"

"그렇습니다."

"그들이 그것을 바란다던?"

"······."

"네 풀 길 없는 마음, 검을 휘두르고자 하는 것에 다른 이들의 이유를 대지 말아라. 내 너의 전우들을 보진 못했으나 너와 함께 했다면 능히 그 성정을 알 수 있겠다. 그들은 죽어서도 네가 살길 바라지, 자신들의 원통한 죽음을 풀어 주길 원하진 않았을 게다."

"궤변입니다. 당신은 부모를 죽인 강도도 가만히 놔둘 겁니까? 사내대장부로 태어났다면 마땅히 은원은 해결해야 하며, 더불어 사부된 자로 제자를 농락했다면 이 또한 패륜을 진 바와 같습니다."

"······."

"결국 지금 이 대화는 당신 스스로가 원하지 않는 길을 좋은 말로 치장하여 날 설득함에 불과합니다. 무엇이든 진짜 경험해 보지 않았다면 함부로 말을 꺼내는 것이 아닙니다. 이것은 당신의 가르침이었습니다."

"······그랬지."

"그는 내게 불공대천(不共戴天)의 철천지수(徹天

之讐)입니다. 그것이 내가 괴력난신지검(怪力亂神之劍)을 들고 삼 년 만에 세상에 나온 이유이고, 협사회(俠士會)의 일원으로서 그의 야망을 저지해야 할 사명을 띤, 오왕의 진전을 이은 이유입니다."

"하면 이대로 성으로 무작정 갈 생각이냐? 네가 아무리 강해졌다 해도 성주의 무력을 온전히 감당할 수 있을 것 같으냐? 그 이전에 기라성 같은 고수들을 뚫고 그의 면전에 다다를 수 있을 거라 보느냐? 아무리 다른 왕들의 도움을 받는대도 그것은 불가능하다. 너와 왕들이 성장한 만큼, 아니, 그 이상으로 철혈성은 거대해졌다. 너는 이를 감당할 수 있느냐?"

"해 봐야지요."

"그것이 바로 만용이라는 것이다. 그래서 내 너를 말리려는 것이다. 그래서 내 너를 데려가려 했던 것이야. 적어도 내 옆에 있다면 네 목숨 하나는 건질 수 있느니라. 성주라 해도 감히 나를 그리고 내 옆에 너를 건드릴 수는 없다."

"움직이지도 못한 채 숨어 지내며 구차한 목숨만 낭비할 것이라면 살아 있을 하등의 이유가 없습니다.

그리 구차하게 살 것이라면, 당신 말대로 시원하게 검이라도 나눈 뒤 산화하는 것도 나름 무인다운 삶이겠지요."

"……허어."

"그러니 더 이상 날 막지 마십시오."

"그래도 막아야겠다."

"……!"

"너는 철혈성주의 제자라는 신분이지만, 내게도 제자나 다름이 없다. 사지가 빤히 보이는 길을 가려는 제자를 막지 않는 사부란 없는 법. 그래, 그것이지. 네 말대로다. 네게는 네 나름의 사정이 있음을 알고 있었다. 하나 나는 널 보내기가 싫었다. 늙어빠진 노인네의 투정이라 해도 어쩔 수 없다. 그래서 치장 아닌 치장으로 널 막으려 했다. 다른 누가 죽어도 너 하나만은 살길 바랐다."

"그럴 수 없습니다."

"어찌하여? 단순히 사내대장부로 태어났으니, 원수를 갚고자 함이 전부더냐?"

"나는 내가 행함에 있어 나 자신의 의지를 품고 있지만, 또한 수많은 이들을 지고 있습니다. 야차로까지 불리던 부대원들의 목숨을 지었고, 영혼조차 구제 받지 못할 고통을 헤매는 오왕 선배의 목숨 또한 지고 있습니다."

"……!"

"나는 나아가야 합니다. 나 자신을 위해서도, 그리고 그들의 뜻을 위해서도. 내가 죽기 전에는 누구도 날 멈추게 할 수 없습니다."

"그랬군. 그래…… 그랬어. 나는 널 보고 있었지만 이미 너는 너임과 동시에 네가 아니었구나."

"……"

"허허. 백수십 년을 살아왔어도 이리 보는 눈이 없구나. 검만 뚫어지고 쳐다본다 하여 검의 도를 깨닫는 것이 아닌데, 나는 숲은 보지 않고 나무 한 그루만 보았구나."

"날 막지 마십시오."

"아니, 그래도 막아야겠다."

"……!"

"적어도 네 자신을 다스리기 전까지는 사부된 자로 이리 보낼 수 없다. 불안정한 너의 몸뚱이 하나는 제대로 건사해야 할 것 아니냐. 터지기 직전에 화약

같은 기운만 그득한 그 몸, 뜯어고치지 않는 한 보낼
수 없다."

"……."

"그것을 바로 잡을 때, 기반을 제대로 닦아내었을
때, 그때 내 너를 보내겠다."

　　　　　*　　　　　*　　　　　*

그렇게 한 달의 시간이 지났다.

진조월에게도 장만위에게도 뜻깊은 시간이었다.

무공의 연련을 떠나 자아(自我)를 단련시킬 수 있
었던 시간.

어쩌면 강호인으로 살아감에 있어 무공보다도 더
욱 중요한 것을 얻었던 시간이다.

파검을 등에 메고 좌측 허리춤에 칠야검을 맨 진
조월이 장만위에게 가볍게 예를 취했다.

"감사했습니다."

"아니다. 덕분에 나 또한 배운 바가 적지 않으니
감사랄 것도 없지."

장만위의 눈이 신의건과 문아령을 훑었다.

좋은 재목들.

지금으로도 그 나이대에 충분하지만 분명 단련의
여지가 남아 있는 이들이었다.

젊은 나이에 누구보다도 자기 수양이 깊은 이들이
었으되 진조월의 친우로 남아 있기에는, 진조월의
주변에 맴도는 위험을 감당하기에는 조금 부족한 무
력을 소지한 이들.

장만위는 가볍게 하늘을 보며 웃었다.

당장 무엇을 할까 고민에 빠졌는데 그 고민을 날
려 버릴 문제들이 앞에 있었다.

"자네들, 월이를 따라 성으로 가려 하나?"

"예? 아, 그것이……."

친우가 가는 길, 위험하다 할지라도 따른다.

빤히 위험한 길인데 홀로 보낼 수는 없다.

그것이 신의건의 생각이었다.

그러나 뭔가 초탈한 듯 한 달 전과는 분위기부터
가 달라진 장만위에게 쉽게 말을 꺼내기가 힘들었다.

심정 상으로는 당연히 고개를 끄덕여야 하건만 날
카로운 눈매 속 부드러운 훈풍을 담은 만위의 앞에
서 그와 문아령은 일순 할 말을 잊었다.

"알고 있겠지만 월이가 가는 길은 그리 녹록한 길이 아닐세. 특히나 자네, 신의건이라 했던가. 자네가 보인 우정은 참으로 기꺼운 것이지만 현실을 바라본다면 오히려 모두가 위험에 처하게 될 가능성이 적지 않아."

자존심 상하는 말이지만 사실이기도 하다.

그들의 무위 역시 나이대에 짝을 찾기 어려운 것이었지만 진조월과 함께 하려면 약간의 부족함이 있다.

"괜찮다면 둘은 나와 며칠 지내도록 하지. 적어도 해가 될 일은 없을 걸세."

그 말이 무슨 뜻인지 모를 정도로 둘은 멍청하지 않았다. 진조월도 놀란 눈으로 장만위를 바라보았다.

"그런 눈으로 보지 않아도 된다. 이미 사문이 있으니 제자로 들일 수도 없고 그저 약간의 도움만 줄 수 있을 뿐이야. 게다가 용봉(龍鳳)이라 불리어도 부족함 없을 두 사람의 성정이라면 적어도 세상에 복이 되었으면 되었지, 누를 끼칠 일 없으리란 판단이다."

백 년 내에, 더 이상의 검객이 나올 수 없다는 소리까지 듣는 검의 제왕 장만위였다.

그런 그의 가르침이라면 기연이라 불리어도 손색이 없다.

얼떨떨한 신의건과 문아령을 뒤로 한 채.

진조월이 칠야검의 검병(劍柄)에 손을 올리고 고개를 숙였다.

"친우들을 대신해 감사드립니다. 그럼 갈 길이 멀어 먼저 가겠습니다."

"그러도록 해라."

신의건이 먼저 정신을 차렸다.

"진 형, 진정 홀로 괜찮겠소?"

자신에게 온 기연을 기뻐함보다 친우를 먼저 걱정한다.

역시나 신의건은 한결 같았다.

그 포근함에 진조월의 차가운 얼굴에도 한 줄기 자그마한 미소가 걸렸다.

"내 걱정은 말고 많은 것을 깨우쳤으면 좋겠소."

"모르겠소. 참으로 큰 복락이건만 이리 혼자 보내는 것이 못내 마음에 걸리오."

"나도 내 한 몸 건사하기에 부족함이 없으니 괜한 걱정 말고 현재에 집중하시길 바라겠소."

훈훈한 대화였다.

그렇게 떠나는 자와 남는 자가 교차하고.

보이지 않던 커다란 까마귀가 하늘을 받쳐 준 채로 진조월이 세상에 나섰다.

살기만을 가득 담고 나아갔던 이전과는 달리, 흔들림 없는 스스로를 세운 또 다른 사내의 출도였다.

*   *   *

"뭔가 있기는 있는데."

단기중은 주위를 휘휘 둘러보았다.

기분이 나쁘다.

자연 그대로의 경관이었던 작은 야산의 분위기가 일변했다.

평화로운 광경은 그대로이지만 왠지 모르게 귀신 한 마리가 툭 튀어나올 것 같은 괴이쩍은 분위기였다.

아니다.

광경이 변하기는 변했다.

죽어 없어진 시체들이 눈에 보이질 않는다.

그토록 격렬했던 전투가 있었던 주변도 마치 처음 산에 들어선 것처럼 깔끔했다.

불바다가 되었던 곳도, 경력의 여파로 움푹 파이고 바스러진 땅과 바위들도 원래의 모습을 찾았다. 이상한 변화였다.

당무환이 손에서 이는 불꽃을 홱홱 털었다.

푸른 불길은 허공을 맴돌다 은은한 향기를 풍기고 사라졌다.

"진(陣)이다."

"진?"

"그래. 어느 정도의 광역진(廣域陣)인지는 모르겠지만 이건 진이야. 당가(唐家)의 암화살진(暗化殺陣)하고 조금 비슷한 구석이 있긴 한데, 동시에 완전히 다르군."

단기중의 얼굴이 얼핏 굳어졌다.

비록 진법에 대해 많은 것을 알지는 못하지만, 당무환의 말이 맞다면 분명 보통 진법은 아닐 것이다.

암화살진을 언급한 것만으로도 긴장해야 했다.

암화살진은 사천당가가 자체적으로 만들어 낸 진법으로 강호에서도 다섯 손가락 안에 꼽힌다는 최악의 살상용 진법이다.

그들 뒤로 백성곡이 천천히 걸어왔다.

투왕이라 불리는 그의 눈에도 숨기지 못한 긴장감이 뿜어져 나왔다.

"모두 조심하게. 산의 정기(精氣)가 지금 이 순간에도 급속도로 오염되어 가고 있네. 깨끗한 정기가 마기(魔氣)와 사기(死氣)로 변모하고 있어. 게다가 이 정도 너비라…… 산 하나를 통째로 진법의 먹이로 던졌군."

두 사람이 보지 못한 것을 보는 백성곡이었다.

자연히 두 사람의 얼굴도 굳어졌다.

산 하나를 통째로 빌려서 행하는 광역진이라니, 들어 본 적도 없었다.

아무리 작은 야산이라지만 이 정도의 영역을 진법으로 둘러칠 정도라면 그 가공함이야 말해 무엇하랴.

"그런…… 진법도 있었습니까?"

"있지. 아니, 있었지. 지금은 사라졌다지만 과거

천마가 날뛰던 시절인가, 그 이후인가에 한 번 나타
났다고도 들었는데."

"설마⋯⋯!"

백성곡의 눈에 신광이 발해졌다.

"맞네. 광범위 파멸진(破滅陣)이라는 수식어가 붙
은 그것. 마기가 그득한 백 개의 무구를 지정된 장소
에 박아 두어 영역 자체를 뒤흔들어 버리고 고위 술
법사(術法師) 서른여섯 명의 진언(眞言)과 술력(術
力)으로 발동이 되는 초유의 마진(魔陣)."

"대라마혼진."

당무환의 몸에서 은은한 불꽃이 배어 나왔다.

세상 무서울 것 없이 전진만을 계속하며 살아온
그들이었지만 대라마혼진이라는 이름 앞에서 여유로
울 수는 없었다.

절대부동의 영역에 들어선 고수라 할지라도 결코
파기할 수 없다는 마귀의 진법.

진법을 전문적으로 공부하지 않은 단기중이었지
만, 그 역시 대라마혼진을 모를 수가 없었다.

도대체 진법 안에서 무슨 일이 일어나는지 알 수
없으나, 일단 발동만 되면 누구도 살아서 돌아올 수

없다는 죽음의 진을 어찌 모를까.

"그럼 선배님. 어떻게 이곳에서……?"

백성곡을 돌아보던 단기중의 눈이 찢어질 듯 커졌다.

없었다.

방금까지 이야기를 나누던 백성곡이, 푸른 화염을 일으키며 감정의 동요를 드러냈던 당무환이 보이지가 않는다.

이 깨끗하리만치 변동 없는 산에 오로지 그 하나만이 남은 것이다.

그는 본능적으로 진기를 끌어 올렸다.

마음은 흔들리지 않는 부동심으로 자리를 잡았고 온몸에서는 은은한 패기가 흘러나온다. 단기중의 눈이 사방을 훑었다.

'사라져?'

그럴 수는 없다.

고수들이 극한의 속도로 움직여 일순 사라진 것처럼 보일 수는 있지만 정말로 사람이 사라질 수는 없다.

하지만 아무리 생각해도 주변에 백성곡과 당무환

의 기세가 조금도 드러나질 않았다.

말 그대로 증발해 버린 것이다.

'환상!'

그 외에는 설명할 수 있는 방법이 없었다. 당연히 환상일 것이다.

다만 천지자연의 이치를 꿰뚫어볼 수 있을 정도로 지고한 경지에 오른 절대고수의 시선마저도 흐리게 만들 정도의 환상이라는 사실이 놀라울 뿐이다.

그는 가볍게 심호흡을 한 후 주먹을 쥐었다.

주먹이 나직이 진동한다.

파천종의 힘이 가득한 주먹은 언제 어느 때라도, 어떤 곳이라도 박살 낼 수 있을 것이다.

단기중은 가만히 눈을 감았다.

예전 임가연이 해 준 말이 떠올랐다.

"그럴 일은 없겠지만 혹여 감당 못할 진법에 빠졌을 경우에는 절대 오감(五感)을 믿으면 안 돼요. 심안(心眼)을 열고 이질적으로 뒤바뀐 진법의 공간 자체의 뒤틀림을 바라보아야 해요. 집중하고 또 집중하다 보면 미세하게라도 반드시 틈이 보이게 되어 있어요. 그곳을 노려야 해요."

  무슨 말인지는 알겠다.

  하지만 그게 어디 쉬운 일인가.

  칠왕 정도의 경지라면 심안을 열어 세상을 자유로이 바라보는 것이 충분히 가능하다.

  그러나 진법의 뒤틀림이라든지, 전문적인 지식이 없는 단기중으로서는 앞으로 할 일이 막막할 뿐이었다.

  '임 동생, 그럴 일이 이렇게 생겼어.'

  가볍게 웃음을 짓는 단기중이었다. 그의 장점이라 한다면 아무리 심각한 상황에서도 웃을 줄 아는 그만의 자신감이라 할 것이다.

  이윽고 그는 오감을 닫았다.

  눈을 감고 귀를 닫는다.

  후각은 잊은 지 오래고 피부를 스치는 바람결마저도 느끼지 않았다.

  집중할 것은 오로지 마음, 심안뿐.

  얼마나 지났을까.

  단기중의 눈썹이 꿈틀거렸다.

'확실히 다르다.'

그럴 듯하게 포장이 되어 있기는 하지만 이 아름다운 자연풍경 뒤로 도사린 마기(魔氣)의 농도는 그야말로 무시무시했다.

맞상대는 고사하고 뒤돌아 도망치고 싶을 만큼 절망적인 양의 마기가 괴물처럼 도사리고 있던 것이다.

틈이라는 것이 보여 그곳을 파괴해 공간을 찢는다 치더라도 당장 덮쳐드는 마기에서 벗어나기란 요원해 보였다. 애초에 힘으로 어찌할 수 있는 상황이 아니었다.

'별 수 없지. 일단은 해 볼 수밖에.'

가볍게 미소를 지었던 단기중이 번개처럼 주먹을 휘둘렀다.

발산되기도 전에 이미 극한의 회전이 걸린 경력의 여파.

주먹에서 빠져나올 때는 이미 막을 수 없는 태풍이 되어 파괴력의 극한을 보여 준다. 천붕팔식을 넘어선 회륜마식이 펼쳐진 것이다.

거대한 용권풍이 급속도로 압축이 되며 허공의 한

점을 향해 쏘아졌다.

찌이이이익!

사방으로 미친 듯한 바람이 펄럭이며 공간이 갈라졌다.

눈을 뜬 단기중, 그는 막이 열리는 어느 유랑극단 앞의 관객이 된 것처럼 가만히 일렁이는 공간을 바라보았다.

아지랑이가 모여든 것처럼 꿈틀대던 하늘의 한 점이 점점 부풀더니 이윽고 천천히 균열이 가기 시작했다.

균열이 간 허공은 천천히 너비를 넓혀 갔고 끝에는 세상이 반으로 쪼개졌다.

쩌저저정!

산의 광경이 찢어진 화선지처럼 반으로 갈라졌다.

그리고 그 밖으로 나타난 광경.

단기중의 눈이 찢어질 듯 커졌다.

부동심을 이룬 가슴이 세차게 뛰었고 손에서는 땀이 흘러나왔다.

단단하게 굳었던 눈동자는 기이하게 떨렸고 순간 발출된 진기의 힘 때문에 의복이 미친 듯 펄럭였다.

산의 공간이 찢어지며 나타난 곳.

바로 그의 아내가 기다리고 있는 조그마한 모옥이었다.

솥에 무언가를 끓이고 있는 미부가 문득 단기중을 바라보았다.

아름다운 눈가가 커지고 동공에는 습기가 차오른다.

믿을 수 없다는 기색이 역력했다.

그리고 그것은 단기중 역시 마찬가지였다.

미부는 눈물을 흘리며 뛰어나와 단기중의 품에 세차게 안겼다.

그의 품에 안긴 미부의 얼굴이 눈물과 미소로 범벅이 되었다.

"왜 이리 늦었어요, 여보."

단기중은 아무런 말도 할 수 없었다.

*   *   *

백성곡의 하얀 수염이 가느다랗게 떨렸다.

그는 가만히 밑을 내려다보았다.

그의 앞섶을 적시고 있는 여인은 다름 아닌 정소향(鄭素香)이었다.

투왕으로서 세상에 나서기 전, 칠 년 동안 종복을 자처하며 직접 기르다시피 한 아가씨.

"다신 안 오는 줄 알았잖아!"

엉엉 우는 그녀를 보며 백성곡은 할 말을 잃었다.

그는 가볍게 주위를 둘러보았다.

떠나기 전 그대로다.

자신의 방은 정갈하게 정리가 되어 있었다.

오래 비웠던 기간을 생각하면 먼지 한 톨이라도 쌓였어야 정상이거늘 너무도 깨끗하다.

항상 휘둘렀던 도끼도 얌전히 담벼락에 놓여 있었고 옛날 정소향이 사 주었던 신발 한 쌍도 곱게 방 앞에 있었다.

그는 숨을 들이켰다.

공기. 예전 그 공기.

이제는 돌아올 수 없겠지, 하며 떠나기 전 마음껏 들이켰던 그때 그 공기와 똑같았다.

너무 생생해서 오히려 이질감이 들 정도로 익숙한 공기.

"아가씨……."

정소향이 천천히 백성곡을 올려다보았다.

사슴처럼 일렁이는 눈망울.

눈물이 져 다소 우스워 보였지만 반가움이 역력한 얼굴은 세상 어떠한 사람보다도 아름다웠고 솔직했다.

향기가 싫다면서 방향(芳香)은 만지지도 않았던 정소향의 체향이나, 따뜻한 온기는 물론, 머리카락 한 올, 한 올까지 분명 진짜였다.

이견의 여지가 없는 진짜 정소향이었고 진짜 그 집이었다.

'도대체가…….'

혼란스러웠다.

강호 경험이 많은 백성곡, 그는 환각을 일으키는 수많은 진법도 여러 번 체험해 보았던 전력이 있었다.

그리고 그런 환각, 환상, 환청을 일으키는 어떠한 진법들도 그의 코웃음 아래에 멀쩡했던 적이 없었다.

그런데 이건 차원이 다르다.

바로 조금 전 자신의 손아귀에 찢어진 진법이 분명할진대, 지금 자신을 쳐다보는 정소향의 얼굴이 가짜라는 것이 분명할진대…… 그것을 냉정하게 바라보지 못할 정도로 생생했다.

무(武)를 익혀 이미 사람의 탈을 벗어난 경지에 오른 자신이 흔들릴 정도라면 보통 일이 아니다.

심지어는 조금 전, 진법에 걸린 사건 자체가 환상이 아니었을까.

의심이 불쑥 들었다.

백성곡은 가볍게 심호흡을 했다.

'흔들리지 말자. 역사에서도 찾아보기 힘든 천하의 대라마혼진이다. 이 정도는 당연한 것.'

투신종의 진기가 그의 몸을 감쌌다.

은은하게 드러나는 투신의 위엄.

투쟁, 쟁패의 신으로서 스스로를 오롯이 세웠던 수라의 기운이 사지백해로 뻗어 나갔다.

정소향의 얼굴이 하얗게 질려 갔다.

그녀는 비칠비칠 물러섰다.

본능적인 두려움이리라.

"하, 할아범, 왜 그래?"

백성곡은 이를 악물었다.

세상 어떠한 것도 흔들리지 못하게 했던 그의 마음이, 정소향의 한 마디에 무참히 흔들렸다.

도대체가 제정신을 차릴 수가 없었다.

천하 무학의 정점이라는 투신종의 기운으로도 정심(貞心)을 유지하기 힘들다.

백성곡은 가혹하게 마음을 먹었다.

'이 모든 것이 환상이라면 결국 내 마음에서 비롯된 것. 그래, 부수면 그만이다.'

압축되고 또 압축이 되어 터지기 직전의 화산처럼 모인 진기가 그의 손에 모였다.

투신기(鬪神氣)가 극한으로 모여든 백성곡의 손에 희미한 번개가 휘몰아쳤다.

그가 가장 자주 사용하는 무공, 뇌운벽력수가 펼쳐지려 하는 것이다.

정소향의 눈가가 떨리고 백성곡의 입매가 굳게 닫혔다.

그때였다.

"백 공(公)!"

저 멀리서 누군가가 다가왔다.

백성곡의 눈이 목소리가 들린 곳으로 돌아갔다.

놀란 표정으로 천천히 다가오는 사람.

백성곡의 눈이 크게 흔들렸다.

아직 관복조차 벗지 않은 중년인은 참으로 청수해 보였다.

평생 글만 읽은 선비와 같은 외양, 어딘지 모르게 정소향과 닮았다.

과거 십오 년 전, 녹림의 무리에게 습격을 받을 당시 백성곡 덕택에 구함을 받은 황궁 고위관리.

청수한 외양처럼 심성이 올곧고 학식이 드높아 현재도 황제의 신임을 받는 관리 중에 한 명.

정만해(鄭萬海)는 빠른 걸음으로 와 백성곡의 두 손을 움켜잡았다.

백성곡은 자신도 모르게 손에 깃든 진기를 거두어 들였다.

뇌전의 기운이 모인 손이다.

일반인이 멋도 모르게 잡는다면 그 즉시 손이 터져 나갈 터.

"말도 안 하고 떠나시더니 이렇게 나타나셨군요! 도대체 어딜 갔다가 오신 겁니까?!"

진실 된 반가움이었다.

정만해의 눈가에 흐르는 깊은 정과 생동감 있게 반짝이는 눈망울은 분명 진짜였다. 백성곡은 가볍게 눈을 감았다.

'삿된 것에 현혹되지 말자. 이 모두가 환상에 불과한⋯⋯.'

"이럴 때가 아니로군요! 어서 들어가십시다. 도대체 무얼 하고 왔는지, 내 할 말이 참으로 많습니다!"

자신의 손을 잡아끄는 정만해.

어느새 백성곡은 그의 손길에 따라 나아갈 수밖에 없었다.

마음은 거세게 흔들리고 도대체 어느 것이 진짜인지 알기가 힘들었다.

천하의 고수라는 백성곡이.

그 뒤를 정소향이 따랐다.

아직 백성곡의 이질적인 분위기가 충격이었던 듯 거리를 좀 벌렸지만 여전히 그녀의 눈에 흐르는 정은 짙고도 깊었다.

백성곡은 이 부녀 앞에서 아무런 말도, 행동도 할

수 없었다.

그저 끌려가기 바빴다.

몇 달 만에 돌아온 집안의 공기는 여전히 산뜻하고 맑았다.

*　　　　*　　　　*

당무환의 두 눈에서 쏟아지는 열기는 그야말로 지옥불과 같았다.

축융종은 세상 어떠한 양강기공과도 비교될 수 없는 극상승의 무학이다.

무공으로 시작했으되 술법과도 동일화가 되었던 몇 안 되는 무학이며, 단순 살상력으로는 칠왕종 중 제일을 달린다.

극한의 열기는 사기와 마기의 침입을 불허하고 순수한 불길만을 마음에 담은 채 사방을 굽어본다.

단순 무학의 이치를 따졌을 때, 그가 백성곡을 이길 확률은 극도로 적지만 술법봉인(術法封印)의 힘까지 내포한 축융종의 강대한 힘은 오히려 대라마혼진에서 당무환의 정심을 유지시켜 주었다.

산의 공간을 찢어 버린 그는 볼 수 있었다.

사방에서 넘실거리는 시커먼 마기의 파동을.

공간을 찢자 본래 전투의 흔적으로 가득했던 산이 모습을 드러낸다.

경력의 여파로 바스러진 땅, 화마의 급습으로 타고 녹아 버린 땅, 그리고 수많은 시체들.

백성곡과 단기중은 이 지옥 같은 곳에서 얌전히 누워 있었다.

이미 대라마혼진의 마기에 침입을 받아 버린 것이다.

당무환의 입장에서도 놀라운 일이었다.

이미 천하제일을 노려도 부족함이 없을 백성곡이었다.

단기중은 그렇다 치더라도 그조차 대라마혼진의 힘에서 자유로울 수 없었던 것이다.

축융종이라는 희대의 절학 속에 내포된 금술봉법(禁術封法)의 영향력이 아니었다면 셋은 기도 쓰지 못한 채 대라마혼진의 재물이 되었을 것이다.

그는 이를 악물고 두 사람을 짊어졌다.

이유야 어찌 되었던 어서 빨리 이곳을 벗어나는

게 중요했다.

비록 이전의 광경과 같다지만 이미 영역이 귀기와 마기로 가득하다.

벗어나지 못한다면 자신조차 멀쩡한 정신을 유지할 수 있을지 장담할 수 없다.

잠깐 자신의 축융기를 두 사람에 전달할까, 라는 생각도 해 보았지만 그는 포기했다.

세 사람 모두가 이미 궁극의 영역에 발을 들인 이들.

익힌 무학이 어떠한 것이든, 진기도인에 큰 문제가 되진 않을 것이다.

하나 칠왕종의 무학들은 결코 녹록치 않다.

하나하나가 독존(獨存)의 무학들이다.

외기의 침범을 용납하지 않는다는 뜻이다.

대라마혼진의 무시무시한 기운에 침범을 당하기야 했으나 자신의 축융기마저 그리 쉽게 받아들인다는 확신을 할 수가 없다.

여유로울 때라면 모를까.

지금 같은 상황에서는 함부로 시행할 수 없는 방법이다.

가볍게 둘을 들고 신법을 전개한 당무환.

하지만 그는 열 걸음도 채 옮기지 못했다.

"천하의 투왕조차 정신을 잃었거늘 그보다 한 수 처진다는 화왕이 멀쩡할 줄이야. 하기야, 축융종의 술법봉인의 금기는 예전부터 알고 있었지. 그래도 대라마혼진을 버틸 줄은 몰랐소. 진정 놀랍기 짝이 없군."

그의 앞에 나타난 한 명의 사내.

당무환의 눈이 더할 나위 없이 커졌다.

그는 자신도 모르게 짊어진 두 사람조차 바닥에 내려놓았다.

마음이 거칠게 파랑을 일으켰다.

"이게…… 환상인가? 나 또한 대라마혼진의 마수를 피하지 못한 것인가?"

"하하. 그래 주었다면 오죽 좋았을꼬. 안타깝게도 그러진 않았소. 당신은 정상이오. 이 공간 안에서 나와 눈을 마주칠 수 있을 정도로 정상이지."

사내는 시종일관 여유로웠다.

그러나 여유로운 몸짓이나 목소리와는 달리 그의 얼굴은 가면을 씌운 듯 변함이 없었다.

진조월의 무표정함도 이에 비할 바가 아니었다.

웃을 때조차 얼굴에 미동이 없었다.

마치 누군가가 대신 웃어 주는 것과 같은 이질감
이 들었다.

하늘 아래 유일무이한 부동자(不動者).

천하에 산재한 모든 술법 위에서 군림하는 자이며,
공간을 접고 신력을 표출하는 비인(非人)의 술법사.

한 손으로 하늘을 가리킬 때 산을 움직이고 한 손
으로 땅을 가리킬 때 강을 뒤흔드는 이계(異界)의
신인(神人).

수하천지(手下天地) 개벽산하(開闢山河).

금계신군(禁界神君)이라는 별호로 더욱 유명했던
이 시대 최고, 최강의 술법사.

음양왕(陰陽王) 양문(兩門)의 입이 천천히 열렸
다.

"오랜 만이외다, 당 형."

2.
생사간극(生死間隙) (2)

마제신기의 공능은 놀라웠다.

한 걸음, 한 걸음이 이전과 달랐다.

마도제일이라 불릴 정도로 압도적인 경신(輕身)의 술수를 내포한 환신공공비가 이전과 또 다른 속도로 대기를 찢는다.

이미 그 자리에 도달했을 때는 또 다른 광경이 눈 앞에 놓인다.

공간과 공간을 접어서 화살처럼 쏘아지는 그의 신형은 달리는 걸 넘어서 날아다니는 수준이었다.

그러나 그러한 성취가 진조월에게 기쁨을 주진 못

했다.

그의 얼굴은 굳어질 대로 굳어져 있었다.

'불안하다.'

머리 한쪽을 자극하는 뭔가가 있었다.

진조월은 어렵지 않게 그 불안감의 정체를 알아낼
수 있었다.

바로 다른 왕들의 안위였다.

상중하, 세 개의 단전이 일통을 이루었던 과거와
는 또 다른 경지에 들어선 진조월이었다.

이제는 단순한 예감을 넘어 예지에 가까운 간파력
을 이뤄 낸 그였다.

'어느 한 명의 존재감이 사라졌다.'

백성곡과 당무환 그리고 단기중과 임가연.

이 네 명 중에 한 명의 존재감이 도통 느껴지질
않는다.

그것은 딱히 설명하기 난해한 기분이었지만 동시
에 명확하게 느껴지는 '어떠한 것'이었다.

기운이 쇠하였다거나 하는 단순한 문제가 아니었
다.

존재 자체가 사라졌다.

그것이 무엇을 의미하는가.

'……늦지 않았기를.'

그는 본능적으로 발걸음을 옮겼다.

몸이, 하늘이, 예감이 알려 주고 있었다.

이전에 방향을 잡았던 그곳에서 아직도 기이한 싸움이 벌어지고 있다는 것을.

그리고 그곳에 왕들이 있다는 것을.

그는 칠야검을 잡았다.

신검현기가 깃든 칠야검.

정기가 치솟아 마음을 담담하게 해 준다. 하지만 상황이 급박한 것은 또 다른 문제.

끊임없이 대자연의 진기를 받아들이는 진조월이 속도에 박차를 가했다.

한 줄기 빛살이 되어 날아가는 그의 신형.

대라마혼진이 펼쳐진 야산과의 거리는 하루 남짓이었다.

＊　　　　＊　　　　＊

"도대체……."

임가연은 이해할 수가 없었다.

분명 천리신응을 보냈다. 물론 아무리 천리신응이 천하의 영물이라지만 그 멀고 먼 거리를 이동하며 며칠 만에 답신을 받아 오지 못할 수도 있었다.

영물이라고 모든 게 다 해결되는 것은 아니지 않은가.

그러나 그간의 경험이, 지닌바 힘이, 흔들림이 없는 그녀의 육감이 말해 주고 있었다.

그리고 결정적으로 불안감을 증폭시키는 정보를 그녀는 들었다.

사혼혈검 진사유를 암살한 직후, 그녀 역시 호북 무당파에게 정보를 받을 요량으로 본산을 방문했다.

은밀하게 잠입한 그녀는 놀랍게도 무당파 내에 거하는 수많은 고수들의 이목을 속이고 현천도장의 앞에 나타났다.

현천도장은 놀라지 않았다.

당연히 그 정도의 능력은 보여 주어야 된다는 듯, 그녀와 대담을 나누었다.

"그들은 지금 철혈성의 턱밑으로 파고들었소."

빠르다.

빨라도 너무 빨랐다.

같은 칠왕종의 후예이기에 그들의 능력을 누구보다도 잘 알지만 이건 과할 정도로 빠르다.

자신의 서신을 받지도 않은 채 이동했다면 충분히 이해가 가지만 그들은 그럴 사람들이 아니었다.

한 번의 즉흥적인 움직임이 결국 파탄으로 이어진다는 걸 모를 정도로 녹록한 이들이 아닌 것이다.

정확한 정보와 서신을 받지 않은 이상 심각한 현 사태에 함부로 움직일 그들이 아니다.

그런데도 지금 위치가 철혈성 턱밑이란다.

도대체 어떻게?

임가연은 주먹을 불끈 쥐었다.

'가야겠어.'

예감이 좋지 않았다.

칠 년 전, 처절하다는 수식어가 당연하게 붙을 만큼 무시무시한 전쟁을 치렀지만 그때도 이렇게 삐걱거리진 않았다.

지금은 다르다.

크게 엇나간 뭔가가 있었다.

"이걸 가져가시오."

현천도장은 떠나려는 그녀에게 작은 꾸러미를 전달했다.

"위험한 때에 도움을 줄 수 있을 것이오. 그대들의 건승을 기원하겠소이다."

임가연은 놀란 표정으로 현천도장을 바라보았다.

작은 꾸러미 안에 든 세 알의 단환.

향기만 맡아도 정신이 맑아지는 단환은 보통 물건이 아니었다.

임가연은 이 단환의 정체를 잘 알고 있었다.

"태청단(太淸丹)을……?"

무당파 제일의 신단이며, 소림사의 대환단과도 견줄 수 있다는 영약 중에 영약이 아니던가.

감히 돈으로 환산할 수 없는 희대의 영약을 세 개나 준 것이다.

"정작 움직이지 못하는 우리가 해 줄 수 있는 것은 이런 것밖에 없소. 부끄럽기 짝이 없는 노릇이지. 산에 들어 도(道)를 쫓지만 정작 세상이 환란으로 물든 이때에 검을 들고 일어나도 모자라거늘 앉아 있을 수밖에 없는 비애가 얼마나 큰 줄 당신들은 모를 거요."

현천도장은 가볍게 탄식했다.

"건승을 기원하겠소."

그 한 마디를 한 후 현천도장은 뒤도 돌아보지 않고 상청궁으로 돌아갔다.

등을 돌린 채 들어서는 그의 뒷모습은 어쩐지 조금 쓸쓸해 보였다.

임가연은 가만히 그의 등을 바라보다가 가볍게 포권했다.

"귀한 보물, 감사히 받겠습니다."

한 번의 인사 후 그녀는 바람처럼 사라졌다.

아마 급히 떠나지 않았어도 임가연은 보지 못했을 것이다.

돌아선 현천도장의 눈동자에 어린 짙은 한기를.

임가연이 사라진 것을 느끼며 현천도장은 하늘을 바라보았다.

어두운 하늘, 별빛만이 총총 박힌 하늘이 어쩐지 슬퍼 보였다.

"부디 끝까지 버텨 주길 바라겠소. 그래서 저 무도한 철혈성주와 함께…… 세상에서 조용히 사라져 주시오."

아무도 들을 수 없는 말.

빈약한 초승달만이 현천도장의 스산한 읊조림을 경청해 주었다.

*   *   *

진조월이 움직이는 속도도 엄청나게 빨랐지만, 임가연의 이동속도는 감히 속도라는 말조차 붙이기 어려울 정도로 무시무시했다.

정면대결에서는 칠왕들 중 가장 처지는 그녀였지만 은신과 경신, 암살에서는 칠왕을 넘어, 천하제일이라 불릴 만큼 압도적인 경지를 쌓은 그녀였다.

유령보다도 조용히, 그러나 번개보다도 빠르게 날아가는 그녀는 순식간에 문제의 장소 근처에 도달했다.

하지만 그녀는 더 이상 전진할 수가 없었다.

저 멀리 암운(暗雲)으로 가득 쌓인 산, 마기가 득실거리는 야산을 보면서도 전진할 수가 없었다.

어떻게 알았는지 몸 전체를 압박하는 그물과 같은 기세 때문이었다.

너무도 촘촘해서 바늘 하나 들어가기 어려울 정도로 세세한 그물.

기의 그물이었다.

그것도 일찍이 볼 수 없었던 드높은 순도의 기(氣).

단기중과 당무환을 넘어서서 거의 백성곡에 근접할 정도로 경지가 높은 자의 기였다.

임가연의 등 뒤로 식은땀이 흘렀다.

본능이 말해 주고 있었다.

한 발자국만 더 전진하면 죽는다.

그런 경고성이 다분한 기세였다.

그녀의 경신법이라면 어떻게든 피할 수 있겠지만 거의 무조건적으로 치명상을 입을 만한 기파였다.

그녀는 조용히 허리춤에서 검을 뽑았다.

스치듯 허리를 더듬고 나오자 어느새 그녀의 손에는 한 자루 검이 들려 있었다.

휘황찬란한 보검은 아니으나 예기가 극도로 죽어 있었고, 길이도 보통 검보다 짧은 소검(小劍)이었다.

심지어 검받이도 없어서 찌를 때 자칫 잘못하면 검날에 손이 베일 수도 있을 것 같았다.

그러나 이 소검이야말로 지금의 그녀를 있게 한 원동력이었다.

사천당가에서조차 경외를 표할 만한 암기술을 지닌 그녀였지만 암중제일검(暗中第一劍)이라고까지 불리는 살왕의 독문병기, 유령검(幽靈劍)을 들었을 때의 그녀는 가히 유령의 화신이라 불릴 만했다.

일검망성이라는 네 글자를 가능케 만든 병기.

그녀는 눈을 감고 검을 세웠다.

그리고 자신의 몸을 옭아매는 기세를 한 가닥, 한 가닥씩 끊어 냈다.

놀랍게도 그리 강인하게 압박하던 기망이 그녀의 고요한 살기에 투두둑 끊어졌다.

기세로 기세를 끊는다.

그 초절정의 무경을 그녀는 그대로 보여 주고 있었다.

한 줄기 감탄 어린 음성이 들린 것은 거의 절반에 가까운 기망을 파훼한 그때였다.

"허! 말은 많이 들었다만 정말 기가 막히는 여아로세. 가히 살왕이라는 별호가 부족하지 않아."

언제부터인가 임가연의 전면에 앉아 있는 한 명의 노인이 있었다.

조그마한 돌덩이 위에 앉은 노인.

한 손에는 언뜻 보아도 감탄이 나올 만한 장창(長槍)을 쥐었다.

창대부터 창날까지 모두 흑색이었고, 창두(槍頭) 부근에는 한 마리 흉엄한 용이 아가리를 쩍 벌렸으며 그 아가리 사이로 예사롭지 않은 창날이 모습을 드러냈다.

임가연의 투명한 눈이 노인을 바라보았다.

아무런 격동이 없는 무감각한 눈이었다.

조금의 흔들림도 없는 안광.

그러나 내심 그녀는 가슴이 철렁하는 걸 느꼈다.

용의 형상을 한 흑색의 장창.

당무환이나 단기중보다도 한 수 위의 기세를 보이는 노인.

시커먼 전포(戰袍)를 두른 그는 산을 떨어 울리는 대호(大虎)처럼 위맹해 보였다.

노인은 천천히 자리에서 일어났다.

본래 체격이 장대했지만 몸에서 흐르는 위엄 하나

만으로도 거인처럼 보일 정도…….

그야말로 숨이 턱턱 막힐 정도의 기파였다.

임가연의 눈이 노인의 손에 들린 창을 향했다.

팔척을 넘어서서 구 척에 다다른 장창이었다.

비록 병기에 크게 집착하지 않는 임가연이었지만
저 정도의 신기(神氣)를 내뿜는 창을 몰라보진 않았
다.

강호십대기병(江湖十大奇兵) 중. 하나.

창술을 익히는 모든 무인들이 원하고도 또 원하는
신병이기.

"……묵룡창(墨龍槍)."

"보는 눈도 좋고. 이리…… 적으로 만나 아쉽구
면."

과거 칠왕의 난 때 철혈성의 전력이 삼 할이나 날
아갔지만 정작 그 전쟁에 참여하지 않은 노고수들도
많았다.

만약 철혈성의 노고수들이 전원 전쟁에 참가했었
다면 전세는 역전이 되었을지도 모른다.

임가연의 앞에 선 노인 역시 칠 년 전 만월지란에
모습을 보이지 않았던 고수.

당금 철혈성의 원로원주(元老院主).

철혈성 최강의 기병대인 묵룡창기병대를 직접 훈련시켰던 무신(武神).

검제 장만위가 백 년 이래로 맞상대할 자 없을 검객이라면, 이 노인 역시 백 년 이래 맞상대할 자 없을 창술의 대가였다.

비록 장만위보다 아래라 평가 받는 무인이라 하나, 그 절대적인 무공과 신기에 이른 용병술은 강호에서도 전설처럼 회자가 되고 있었다.

과거 천하십대고수 중 일인으로 활약했던 이.

창제(槍帝) 구휘(丘輝)가 노인의 정체였다.

"나이가 들면 머리가 굳지. 사고가 유연한 젊은 세대들을 따라가지 못해. 나 역시 마찬가지였네. 아무리 살왕이라 한들 마흔도 되지 않은 여아가 얼마나 강할까 코웃음을 쳤는데, 이거 충격적이군. 과연 본성의 간부들 모가지가 날아간 이유가 있었어."

담담한 말투였다.

온몸 가득 풍기는 위엄만 아니었다면 시골 어디에나 있을 법한 노인이라 생각했을 정도였다.

하지만 임가연은 알고 있었다.

구휘는 작정을 했다.

무슨 수를 써서라도 자신을 죽일 생각이다.

담담한 가운데에 폭발적으로 느껴지는 살의가 읽힌다.

설마 이런 초강수를 둘 줄이야.

'철혈성주, 무섭구나.'

성으로 들이지도 않은 채 눈에 가시 같은 칠왕들을 모조리 섬멸할 작정인 것이다.

아마도 저 마기가 그득한 산에 백성곡, 당무환, 단기중이 있을 터.

이곳보다 더 지독했으면 지독했지 덜하지 않을 전장임이 분명했다.

'원로원과는 사이가 좋지 않다고 들었는데, 그사이에 장악한 것인가.'

지금에 있어서는 쓸데없는 생각에 불과하다. 당장 중요한 건 이 사태를 어떻게든 헤쳐 나가야만 한다는 것이다.

임가연은 가만히 유령검을 내리고 눈을 감았다.

제삼자가 본다면 포기했다고 보일 만한 자세.

그러나 임가연의 모습을 본 구휘의 눈동자는 번쩍

이는 빛을 발했다.

"벌써부터 전투태세라…… 당돌한 아이로세. 하기야, 발악이라도 해 봐야 하겠지. 그래도 결과는 변함이 없겠지만."

상당히 말이 많은 사람이었다.

임가연은 구휘의 말에 신경 쓰지 않았다. 그저 스스로에게 집중했다.

구휘는 멋쩍은 듯 머리를 긁었다.

"이거 말이 많았군. 미안하네. 십여 년간 폐관에 들어 처음 상대할 자를 만나니 흥분했나 보이. 이해하게나."

그러거나 말거나 임가연은 천사종(天死宗)의 은밀한 진기를 끌어 올렸다. 투명한 진기가 온몸을 휘돌았다.

구휘의 얼굴이 대번에 굳어졌다.

마주 보고 있는 임가연. 분명히 두 눈으로 보고 있다.

한데 존재감이 사라졌다.

눈으로 빤히 보고 있음에도 있는지 없는지 모르겠다.

아무리 은신에 능통한 이라 한들 사람 고유가 가진 생기(生氣)마저 지울 수는 없는 법.

하나 임가연에게서는 그 어떠한 것도 느껴지지 않았다.

눈을 감는다면 아무도 없을 거라 확신했을 정도.

'대단하다.'

구휘는 진정으로 감탄했다.

유구한 역사를 뒤져 보아도 저만한 경지를 이룩한 살수들이 얼마나 있을 것인가.

많게 잡아도 셋을 넘기지 못할 것이다.

살수들이 원하는 궁극을 임가연은 보여 주고 있었다.

'자칫 잘못하면 낭패를 보겠군.'

정면대결이라면 무조건이라 할 만큼의 승률이 구휘에게 있다.

그러나 임가연의 장기는 은신과 암살.

빤히 패배가 보이는데 정면승부를 고집할 정도로 그녀는 멍청하지 않다.

구휘 역시 그걸 모르지 않았다.

그는 묵묵히 창을 들어 임가연에게 겨누었다.

둘의 대치는 그렇게 시작이 되었다.

그물처럼 퍼진 기세가 창으로 집약이 된다.

하나 그래도 임가연은 움직일 수 없었다.

기망이 없어졌으니 도망치면 따돌릴 수 있을 것 같은데, 본능이 그리하지 말라고 외치고 있었다.

뒤로 몸을 빼는 순간 창날에 서린 기운이 심장을 꿰뚫을 것이다.

무림에서 살아남는 데에 무공보다도 중요한 것.

생로(生路)를 파악하는 그녀의 육감은 그녀 자신이 이룩한 무학의 경지보다도 높은 곳에 있었다.

그리고 그녀는 언제나 스스로의 감각을 믿었다.

침묵의 대치는 길었다.

둘 모두 미동도 않은 상태.

구휘는 창으로 그녀를 겨누었고 임가연은 조용히 검을 내린 채 눈을 감았다.

누가 보아도 이해할 수 없는 대치였다.

그러나 정작 둘은 죽을 맛이었다.

보이지 않는 무형의 기로 찌르고 베고 도망치고 숨어든다.

임가연은 은밀하기 짝이 없는 기로 도주와 공격을

동시에 행했고, 구회는 어떻게 해서든 그녀를 잡아
두기 위해 쾌속한 진기운용을 거듭했다.

바람에 휘말린 나뭇가지 하나가 천천히 그들 사이
로 다가갔다.

푸스스.

나뭇가지는 그대로 가루가 되어 허공으로 흩어지
고……

둘이 발하는 기세가 생물, 무생물의 접근을 원천
봉쇄하고 있는 것이다.

설령 두 사람보다 높은 경지의 무인이라 할지라도
두 사람의 대치를 막을 수는 없을 것이다.

어느 순간 임가연의 등이 축축하게 젖어 들었다.

극도로 심력을 소모하고 있는 것이다.

구휘의 이마에도 식은땀 한 방울이 흘렀다.

임가연도 임가연이지만, 구휘의 문제는 따로 있었
다.

그는 화끈하게 싸우고 싶었다.

이런 고요한 싸움이 아닌, 호쾌하게 창을 휘두르
고 서로의 무(武)를 비교하며 후회 없는 접전을 행
하고 싶었다.

그러나 상대는 그러지 않았다.

극도로 정교한 진기운용에 교묘하게 파고드는 음습한 기운은 바늘보다도 가늘고 신병이기보다도 날카로웠다.

진기의 일격을 허용하는 순간 자신의 몸에 구멍 하나가 손쉽게 뚫릴 것이다.

'제길, 주도권을 빼앗겼군.'

어떤 싸움을 벌이느냐는 먼저 칼을 뽑은 자에 의해서 결정이 되는 법이다.

구휘는 여유로웠고 임가연은 그가 움직이든 말든 신경조차 쓰지 않은 채 어두운 싸움을 걸었다.

그 치명적인 싸움에 덜컥 응해 버린 구휘였다.

이렇게 되면 한두 수 차이의 경지는 문제가 되지 않는다.

특히나 상대가 임가연이었으니 치열한 공방전을 벌이는 건 당연했다.

누가 먼저 집중의 끈을 놓느냐가 문제다.

한순간 상대가 흐트러지면 그 길로 승패는 결정이 된다.

물론 그 승패는 죽느냐 사느냐의 문제와 직결이

될 터.

얼마나 지났을까.

구휘의 이마를 타고 흐르는 땀 한 방울이 그의 눈두덩이를 지나 안구로 스며들었다.

그는 반사적으로 한쪽 눈을 깜빡였다.

찰나의 시간.

찰나의 찰나를 쪼갠 극히 미세한 시간에.

흔들리지 않은 것처럼 보이는, 그러나 미세하게 흔들린 그 틈을 타서.

임가연의 몸이 꺼지듯 사라졌다.

동시에 구휘의 묵룡창이 허공을 갈랐다.

퍼어억!

"크으."

뒤로 주르륵 밀려난 구휘가 울컥 피를 토했다.

그는 가슴에서 시작한 침투경(浸透勁)이 삽시간에 내장을 진탕시키자 놀라서 진기를 일으켰다.

그러나 혈맥을 가닥가닥 끊어 가며 움직이는 음습한 기운은 송곳보다도 날카로워 웅장한 구휘의 내공으로도 제대로 막아 낼 수가 없었다.

어느새 임가연은 연기처럼 사라졌다.

구휘는 기가 막혔다.

한순간 집중의 끈을 놓친 건 자신이었지만 아무리 그래도 이건 아니지 싶다.

기세 좋게 검을 뽑아 든 그녀가 틈을 노리고 달려들었을 때, 비록 한 방 먹었다곤 하나 충분히 막을 수 있다고 자부했다.

검이었다면.

검이었다면 막을 수 있었을 것이다.

임가연은 유령검을 들고 있었고, 구휘 역시 당연히 그녀가 검을 휘두를 거라 생각했다.

잘못된 판단이었다.

묵룡창의 아가리가 옆구리를 뚫어 버리고 지나갈 때, 그녀는 검이 아닌 장법(掌法)을 택해 구휘에게 한 방 먹였다.

내장이 다치는 것까지 불사하며 품으로 파고들어 천사종의 살법, 투골음풍장(透骨陰風掌)의 일격을 질러 넣은 것이다.

욕이라도 한바탕 하고 싶었지만 침투경의 성질이 너무 지독해서 그럴 수도 없었다.

구휘는 심리전에 휘말린 자신이 억울했지만 냉큼

가부좌를 틀고 앉아 기운을 다스렸다.

임가연이 사라진 자리.

흩어진 핏자국이 싸늘한 땅을 덮여 주고 있었다. 싸늘한 땅을 적신 피의 양은 임가연의 상처 역시 엄중하다는 걸 보여 주고 있었다.

*　　　　　*　　　　　*

"헉헉."

극한의 경공술로 십 리 밖까지 날아온 임가연은 그제야 숨을 몰아쉬었다.

그녀는 이를 악물며 옆구리를 점했다.

상처가 심각했다.

창날이 가죽을 스친 수준을 넘어서서 아예 관통해 버렸다. 조금만 더 옆으로 갔다면 척추까지 끊어졌을 것이다.

살이 쩍 벌린 곳에서 내장이 튀어나오려 한다.

그녀는 서둘러 진기로 내장의 움직임을 통제한 후 옆구리를 움켜쥐었다.

하지만 어떻게 할 수 있는 방법이 없었다.

구휘와의 대치에서 대부분의 내공을 사용했고, 이곳까지 달려오는 데에 단전을 쥐어짰다.

온몸 가득 활기차게 돌아다니던 내공이 바닥을 기었다.

기껏해야 내장이 바깥으로 튀어나오지 않도록 운기하는 것이 당장 할 수 있는 전부였다.

더군다나 구휘의 파괴적인 진기가 상처를 들쑤시고 다닌다.

무시무시한 경력.

임가연의 머릿속에 '죽음'이라는 단어가 불쑥 찾아왔다.

이보다 더 많이 다친 적도 있었고, 이보다 더 비참했던 순간도 있었다.

그러나 한 번의 상처로 이만큼의 무지막지한 내상을 입은 것은 처음이었다.

단 한 번 일격을 허용한 것으로 생사가 오고 간다.

이대로라면 죽는다.

하나 방법도 없다.

혈을 눌러 지혈은 했지만 격렬하게 움직이는 통에 상처가 다시 벌어져 피가 흐른다.

기가 막힌 것은 은신을 풀 수도 없다는 것이다.

이 근처에 얼마나 많은 철혈성의 무인들이 모였을지 짐작조차 가지 않는다. 당장 마기가 그득한 저 야산에만 해도 수많은 기척이 감지되고 있었다.

그녀는 가만히 입술을 깨물었다.

'이렇게 죽나, 저렇게 죽나…….'

이왕 이렇게 된 것, 화끈하게 싸우다가 죽는 게 나을 것이다.

적어도 철혈성의 주력 하나는 끝장을 내고 죽어야 마음이라도 편할 것 같았다.

그렇게 그녀의 몸에 절망이라는 단어가 씌워지고, 극단적인 선택이 종용되고 있을 때.

아직 그녀는 하늘의 부름을 받지 않은 것인지.

한 줄기 바람처럼 나타난 이가 있어 끊어질 듯 위태한 그녀의 목숨줄을 움켜쥐었다.

'누구지?'

천천히 다가오는 기세가 있었다.

죽음이 목전에 다가온 와중에도 그녀의 감각은 죽지 않았다.

임가연의 눈동자가 날카로워졌다.

'고수다. 그것도 상상을 초월하는…….'

기어코 임가연의 눈에 절망이 어렸다.

느껴지는 기세가 실로 엄청나다.

스스로 드러내지 않아 고요하지만, 그 속에 내재된 기의 농도는 구휘에 못지않았다.

정제되고 정제된 기운.

구휘의 기운이 파괴적이고 노련하다면 다가오는 자의 기운은 군림자의 굳건한 위엄과 모든 것을 포용할 듯한 대해(大海)의 강인함을 주고 있었다.

그렇게 수풀을 헤치고 다가오는 자.

임가연은 조용히 그곳을 노려보며 유령검을 쥐었다. 그러나 모습을 드러낸 이를 보며 놀라 검을 떨어트릴 뻔했다.

등 뒤로는 검은 천으로 돌돌 만 검을 메고 허리춤에는 묵색의 장검을 찬 남자.

저 천공에서는 큰 까마귀가 빙빙 돌고 있었다.

진조월, 오왕이 임가연의 앞에 나타났다.

*　　　*　　　*

진조월은 극한의 속도를 내는 와중에도 머리 한 곳을 때리는 기이한 감각에 놀랐다.

하나의 존재감이 사라진 지는 오래.

한데 다른 하나의 존재감마저 사라지려 한다.

이는 무엇을 뜻하는가?

'싸우고 있는가? 그것도 치열한!'

그는 내상을 감수하고 환신공공비를 폭발시켰다.

은신이고 뭐고를 따질 때가 아니었다.

자칫 잘못하면 동료들이 다 죽게 되리라는 불안감이 그의 마음을 흔들었다.

그는 극한으로 운용되는 마제신기에 더욱 힘을 실었다.

단단하게 잡힌 내장들이 진탕되고 목구멍에 피가 울컥 솟는다.

한계 이상의 속도로 공간을 주파하는 그의 모습은 육안으로 확인 자체가 되지 않을 정도였다.

그렇게 진조월의 시선을 빼앗은 마귀의 산.

느껴지는 마기의 농도가 어마어마하다.

지금은 비록 내재된 기운이 달라졌으나 한때 천하제일마공이라 불리는 군림마황진기를 익힌 그였다.

그는 한눈에 야산을 도는 마기의 흐름을 잡아냈다.

'인위적이다. 마기가 짙지만 고이고 있어. 더군다나 이 정도의 금기(金氣)……. 마병(魔兵)을 동원한 진법이다. 산 하나를 통째로 사용할 만한 광역진이라면…… 대라마혼진!'

모를 수가 없는 진법이었다.

세상 모든 마학의 총화라는 군림마황무에 온갖 서적을 독파했던 진조월이었다.

천하제일마공이라는 군림마황무도 있는데 대라마혼진이라는 파멸진의 진법술이 없으리란 법도 없다.

하지만 그보다도 급한 불은 따로 있었다.

'드러나지 않는 기운. 살왕. 저기에 살왕이 있다. 대치하고 있다? 그렇군. 절대고수 한 명이…… 대단하다. 강해졌다고 생각했는데 그런 나조차 목숨을 걸어야 할 정도로 강한 자.'

진조월의 눈동자에서 한광이 터졌다.

'살왕이 위험해!'

당장 눈앞에 불부터 꺼야 한다.

그렇게 달리고 또 달려서 도착한 것이 현재였다.

임가연의 투명한 눈동자가 파르르 떨렸다.

"어떻게 여길……?"

"궁금증은 나중에. 상처가 깊소. 치료해야겠어."

그는 서둘러 임가연의 옆구리를 살폈다.

임가연은 일단 모든 의문을 제하기로 했다.

어찌 되었든 오왕이 여기에 있다.

어찌어찌 모이긴 모인 것이다.

진조월의 눈썹이 살짝 좁아졌다.

새하얀 복부.

그러나 쩍 갈라진 옆구리는 눈살이 절로 찌푸려진
다.

그나마 다행이라면 예리하게 잘렸다는 것이겠지만
그렇다고 중상이 경상으로 변하는 건 아니다.

'치명상이다. 진기로 내장을 잡아 두고 있지만,
이 상태라면……! 제기랄.'

그의 머릿속으로 동료들이었던 야차부대원들의 마
지막이 스쳐 지나갔다.

처절했던 그들의 죽음.

다시는 겪고 싶지 않은 고통이었다.

비록 만난 지 얼마 되지도 않았고 깊은 정으로 엮인 사이도 아니었지만 임가연 역시 자신의 동료였다.

'동료가 죽는 꼴은 더 이상 보지 않겠다.'

당장 상처를 꿰매야 했다.

"혹시 가지고 있는 실은 없소?"

있다면 진즉에 사용했을 거라며 투덜거리려던 임가연이 순간 떠오르는 것이 있어 품 안으로 손을 넣었다.

그녀의 품속에서 나온 것은 육안으로 확인이 거의 불가능할 정도로 투명한 실뭉치였다.

유령검과 함께 그녀의 살법에 사용되는 살상무기, 유령사(幽靈絲)였다.

내공을 주입하여 휘두르면 바위도 우습게 잘라 낸다는 기병.

진조월은 서둘러 유령사를 풀었다.

비록 바늘은 없지만 진기의 사용법이 극한에 다다른 진조월이었다.

정교한 내공운용이 필요하긴 하나, 불가능한 것은 아니다.

게다가 진기를 불어넣지 않은 상태에서도 도검에
끊어지지 않을 만큼 질기기도 하다.

당장 상처를 꿰매는 데에 이보다 좋은 실은 없으
리라.

"마음 굳건히 먹고 내장이 나오지 않도록 내기를
다스리시오. 이제 꿰매겠소."

그는 손끝에 내공을 집중하여 유령사를 쥐었다.

대번에 유령사의 끝이 뻣뻣해졌다.

진조월은 신중하게 쩍 벌어진 그녀의 옆구리를 꿰
매었다.

유령사가 있어서 천운이었다.

이 상태로 계속 방치했다면 아무리 고수라지만 죽
음을 면치 못했을 터.

진조월은 유령사로 그녀의 상처를 꿰매는 동시에
내력을 이용, 지혈을 동시에 행했다.

힘든 작업이었다.

체계적으로 무공을 익힌 무인이라면 인체에 해박
할 수밖에 없다.

어지간한 의원보다도 육체에 대해 통달한 것이 무
공의 고수들이나 남의 몸을 다루는 것은 또 다른 문

제였다.

진조월의 이마에도 한 방울씩 땀이 흘렀다.

그만큼 심력을 집중하고 있다는 뜻이리라.

임가연은 이를 으스러져라 악물었다.

통증 따위에 신경 쓸 여력은 없었다.

내공을 쥐어짜고 또 쥐어짜서라도 내장을 붙잡아 두어야 했다.

진기가 끊어지는 순간, 내장은 봇물이 터진 것처럼 바깥으로 쏟아지게 된다. 그럼 대라신선이 와도 살 수 없다.

그렇게 일각의 시간이 지났을까.

짧다면 짧은 시간이지만 진조월에게나 임가연에게나 너무도 긴 시간이었다.

진조월은 가볍게 한숨을 쉬었다.

"일단 상처는 봉합했소."

그렇다고 긴장을 놓을 수는 없다.

봉합했다 뿐이지 살이 완전히 붙은 건 아니다.

자칫 잘못하면 상처가 터진다. 그럼 임가연의 목숨도 나락으로 떨어진다.

옆구리의 상처도 상처지만 내상도 심각했다.

실상 어떤 의미로는 외상보다도 심각한 내상이었다.

구휘의 무지막지한 경력은 아직도 그녀의 내부를 휘돌고 있었다.

하얗게 질렸던 그녀의 얼굴이 푸르죽죽하게 죽었다.

내기를 다스리는 데에 한계에 도달한 것이다.

진조월은 입술을 깨물었다.

'할 수 있을까?'

그는 마제신기를 떠올렸다.

비록 신검현기의 공능으로 마기가 깨끗이 씻기고 광야기와 함께 융합이 되었다지만 부드러움과는 거리가 먼 기운.

섣부르게 사용했다가는 오히려 상대를 죽일 수도 있다.

그러나 결국, 더 이상의 방법도 없다.

그는 광야법공의 치상결을 믿기로 했다.

거칠기 짝이 없는 기운이지만 적어도 그 치상결만큼은 천하 최고라 해도 부족함이 없다.

하나의 기운으로 뭉쳐 마제신기라 불리고 있지만

그 안에는 광야기가 남긴 치상의 공능도 분명히 존재한다.

문제는 마제신기의 강건함을 그녀가 버틸 수 있느냐, 없느냐다.

버틴다면 살 것이고, 버티지 못한다면 그 순간 즉사.

진조월은 결정을 내렸다.

어차피 이대로라면 위험하다. 그나마 선택지가 있는 곳으로 걸어야 함이 마땅하리라.

"이제부터 진기를 도인할 거요. 나를 믿고 받아들이시오. 포기하는 순간 죽게 되오."

가감 없이 솔직한 발언이었다.

임가연은 입을 열어 그러지 말라 말하고 싶었다.

칠왕종, 각기의 무학들이 얼마나 도도한지 잘 아는 까닭이다.

여기서 진조월이 익힌 마공이든 광야종의 공부든 들어서는 순간 몸이 터져 버릴 것이라고 그녀는 확신했다.

그러나 이미 그는 임가연의 상체를 세우고 명문혈에 손을 대었다.

그의 손을 통해서 나오는 진기는 순식간에 그녀의 명문혈로 파고들었다.

'흡!'

좁은 통로로 파고드는 거대한 기운.

조절한다고는 하지만 본래의 강인한 기운 자체가 수그러들지는 않는다.

그녀는 온몸이 찢어지는 고통에 벌벌 떨었지만 의념을 집중했다.

이왕 시작이 된 것, 진기로 몸을 다스리는 데에 최선을 다해야만 한다.

죽음을 목전에 둔 순간에도 그녀의 판단은 빨랐다.

진조월의 입에서도 한 줄기 피가 흘렀다.

내공을 한계 이상으로 폭발시켜 날아온 마당이다.

내장이 흔들렸으니 몸도 정상이 아닌데 그 와중에 내력을 이용, 상대를 치유하고자 하니 조금씩 내상이 심해지는 것이다.

그러나 그는 멈추지 않았다.

마제신기의 강인함이 튀지 않도록 조심스럽게 임가연의 체내를 다스렸다.

신기하게도 그처럼 강인한 기운이 그녀의 혈도를 흐르고 난 뒤에는, 탁했던 그녀의 혈도가 깔끔하게 정리가 되었다.

고통은 심했지만 분명히 남아 있던 구휘의 경력을 조금씩, 조금씩 씻어 내고 있는 것이다.

더불어 상처가 난 옆구리로 모여든 공력은 무서운 속도로 살을 잇고 내장을 보한다.

신통방통한 일이다.

임가연은 고통스러운 와중에도 의아했다.

어떻게 이런 일이 가능한 것인가?

집중이 풀어지니 흐르던 공력이 주춤한다.

진조월의 전음이 그녀의 귀를 강타했다.

―집중하시오!

그녀는 아차 했다.

지금은 그런 걸 궁금할 때가 아니었다. 살아야 궁금증도 해결할 수 있다. 그녀는 모든 걸 잊고 오로지 진기를 다스리는 데에 집중했다.

그렇게 반 시진이라는 시간이 뚝딱 흐르고…….

감았던 진조월의 눈이 번쩍 뜨였다.

동시에 그의 손이 임가연의 혈을 살짝 두드렸다.

임가연은 그대로 피를 토했다.

"커헉!"

비록 피를 토했지만 몸에 휘도는 탁기가 모인 피였다.

탁혈을 뱉자 그녀의 얼굴에 그나마 혈색이 돌았다.

"대강 마무리는 지었소."

그래도 움직이는 데에 무리가 따르는 건 사실이지만 급한 불은 끈 셈이다.

뒤틀린 내장이 제자리를 잡았고, 몸을 악화시키는 탁기마저 모조리 걷어 냈다.

게다가 믿을 수 없는 치상결의 공능으로 갈라진 옆구리의 살까지 초고속으로 붙였다.

다 붙은 건 아니지만, 조금만 쉬면 실을 빼도 무리가 없을 정도였다.

출혈이 많았지만, 안정을 취하고 쉬면 금세 괜찮아질 것이다.

임가연은 벌어진 입을 다물지 못했다.

완전히 상리를 벗어난 힘이다.

아무리 치상결이 대단한 힘이라고는 해도 이해할

수 없을 정도로 빠른 치유력이었다.

게다가 다른 어떠한 무학도 아닌, 칠왕의 무학 아니던가.

스스로의 길이 오롯하여 다른 기운이 들어올 여지조차 주지 않기로 정평이 나 있는 진기가 칠왕들의 진기였다.

그러한 기마저도 통제하고, 동시에 결합시킨다.

보통 일이 아닌 것이다.

임가연의 얼굴이 괜찮아진 것에 비해 진조월의 얼굴은 그다지 좋지 못했다.

그러나 그는 가볍게 심호흡을 하는 것으로 휴식을 마무리했다.

마제신기를 믿기도 했지만, 당장 저 마기가 득실거리는 산으로 들어서야만 했다.

"잠깐 실례하겠소."

"네? 어?"

그녀의 동의를 구할 새도 없이 그는 재빨리 그녀를 안고 달렸다.

주변을 가볍게 탐색해 본 결과 조금 좁기는 하지만, 사람 하나 눕기에는 부족하지 않을 동굴이 발견

한 것이다.

그는 그곳에 임가연을 내려놓았다.

주변에 나무도 많고 바위도 많아서 은신에 나쁘지 않은 장소였다.

"왕들 중 당신은 나름 진법에 조예가 깊다고 들었소."

"네? 그거야……."

"이곳에 환영진이라도 하나 만들고, 안으로 들어가 쉬고 있으시오. 나는 잠시 산에 갔다 오겠소."

그 말을 끝으로 바로 등을 돌리는 진조월이었다.

서로 할 말이야 많았지만 지금은 시간이 없었다.

그때 임가연이 그의 옷깃을 잡았다.

진조월의 또렷한 눈이 임가연의 투명한 눈과 닿았다.

말을 주고받지 않아도 알 수 있다.

정확한 내용이야 모르지만 서로의 눈을 보며 상대가 어떤 말을 하고 싶은지, 어떤 의도를 담고 있는지 정도는 알 수 있다.

"조심하세요."

"몸조리 잘하시오. 금방 찾아오겠소."

그렇게 진조월은 대라마혼진이 펼쳐진 산으로 돌격했다.

그 어떠한 싸움보다도 치열한 곳.

협사회, 왕의 이름으로 묶인 동료를 구하러 가는 길이었다.

3.
생사간극(生死間隙) (3)

양문은 가만히 주변을 돌아보았다.

새벽의 빛이 사위를 휩쓸 시간이었다.

그러나 이곳, 귀산에서의 풍경은 여전히 어둡고도 어둡다.

사방에서 요동치는 마기는 당장이라도 모든 생명체를 말살시켜 버릴듯 거칠게 파랑을 일으키고 있었다.

가볍게 주위를 둘러보던 양문의 시선이 다시 당무환을 향했다.

당무환은 여전히 믿을 수 없는 눈빛으로, 그러나

한 줄기 경계심을 품은 눈빛으로 양문을 바라보고 있었다.

"많이 놀란 모양이오."

당연하다.

죽었다고 알려진 음양왕. 아니, 죽는 것을 눈앞에서 직접 본 당무환이다.

분명 귀신처럼 파고드는 은신의 괴물의 손에 가슴이 뚫려 유명을 달리했던 음양왕 아니던가.

그의 시신을 직접 처리하지는 못했지만 분명히 음양왕의 맥은 뛰질 않았다.

다른 걸 떠나서 심장이 박살 났음에도 살 수 있는 방법 따위는 존재하지 않는다.

그것은 무공으로도, 술법으로도 뛰어넘을 수 없는 생사의 벽이 아니던가.

"어떻게……?"

"놀라움은 있어도 반가움은 보이지 않는군. 역시나 화왕이오. 본능으로 알고 있는 것이겠지. 우리의 이 만남이, 반가움보다 전투에 치우쳐 있음을 몸으로 아는 게지. 칠 년간 무학은 깊어졌을지언정 투쟁 본능은 무뎌졌다고 생각했거늘 항상 상상 이상을 보여 주는군."

담담한 말투였다.

하나 내용이 과히 심상치가 않다.

당무환의 눈빛이 떨렸다.

"죽은 게 아니었던가?"

"죽었다면 어찌 이 자리에 있겠소. 내 아무리 술가(術家)의 비기를 깨우쳤다고는 하나, 삶과 죽음의 경계를 멋대로 오고 가는 신은 아니오."

"하지만 그때 자네는 분명……!"

"눈으로 보는 것이 전부는 아니지. 손으로 만지는 게 전부가 아니오. 일례로 대라마혼진 정도의 진법은 아니지만, 환귀진(幻鬼陣)만 해도 사람에게 극한의 환상을 심어 주는 진법이 아니오? 오감을 따르면 절대로 벗어나지 못하는 진법이지."

양문의 손이 순간 허공을 휘저었다.

그러자 놀랄 만한 일이 벌어졌다.

어두웠던 귀산이 순간 꽃밭으로 물들었다.

하늘에서는 따사로운 햇볕이 가득하고 꽃내음이 주변을 가득 매웠다.

놀라운 환술(幻術)이었다.

손짓 한 번으로 오감을 자극하는 환술을 보이는 것.

양문의 술법이 고도의 영역에 들어섰다는 증거였다.

실제로 당무환 정도의 경지를 이룬 무인의 오감을 뒤흔들 정도의 환술을 펼치는 것은 결코 쉽지가 않다.

"이 정도만 되어도 어지간한 무인들은 오감에 각인된 환술 때문에 정신을 못 차리지. 어느새 그것을 진실이라 믿게 되고 결국 술법의 경계 속에서 꼭두각시가 되는 것이오."

양문의 손가락이 가볍게 튕겨졌다.

그러자 아리따운 봄날의 꽃밭이 천천히 일그러지기 시작하며 어느새 황량한 절벽으로 변했다.

희미한 안개가 그들을 에워쌌으며 땅에는 풀 한 포기 찾아보기 힘들었다.

당무환의 눈가가 희미하게 떨렸다.

놀라운 환술이었지만, 이 낯설기 짝이 없는 대기의 흐름은 칠 년 전 그날을 생각나게 만들었다.

"반신(半神)의 마역(魔域)……."

"기억하고 계시는군. 맞소. 이 야산은, 대라마혼진의 중추를 이루는 술력(術力)의 중심에는 내가 있소. 즉, 이 말은……."

양문의 눈가의 희미한 광채가 흘러나왔다.

"그 누구라도, 설령 당신들이라 할지라도 결코 내 손아귀 안에서 빠져나갈 수 없음을 뜻하지. 대라마혼진에 걸리지 않았다 하더라도 말이오."

담담한 말투 속, 거칠 것 없는 적의가 엿보인다.

"자네의 말투나 행동들…… 설마 철혈성주와 처음부터 내통을 했던가?"

"내통이라는 말은 어울리지 않지. 애초에 난 성주의 사람이었소. 하기야, 칠왕종을 잇고 난 이후의 일이었지만. 그리 보자면 당신들 입장에서야 내통이 맞기야 하겠지."

당무환은 가볍게 숨을 몰아쉬었다.

충격이 없는가? 그럴 수는 없다.

한때, 그리고 죽어서도 동료라 생각했던 이였다.

함께 수련했던 바 있었고 함께 역경을 헤쳐 나갔던 전우였다.

그렇게 죽었다고 생각했었던 사람이다.

슬픔을 뒤로 안고 가슴에 묻었던 사람인 것이다.

그런 사람이 돌아왔는데 어찌 평정을 바랄까.

심지어 심상치 않은 상황에, 적의마저 품고 있거
늘.

그러나 과연 당무환의 수양은 깊었다.

당장의 현실과 나아갈 바, 모두 생각한다.

경악의 감정은 날려 버리고 현실을 바라보고 있어
야 하는 것이다.

살짝 감았던 눈을 다시 뜬 당무환의 눈동자에는
혼란이라고는 보이지 않았다.

다만 그 별호처럼 세상 모든 것에 능한 십절(十絕)
의 풍모가, 세상 가장 뜨거운 불길을 다루는 화염의
군왕이 가진 위엄이 드러난다.

그의 눈은 말 그대로 불꽃과도 같았다.

"자네가 우리를 어찌하여 속였는지, 왜 죽음을 가
장하여 연락조차 하지 않았는지, 왜 지금 이 자리에
나타난 것인지는 중요하지 않네. 중요한 것은 지금
자네가 우리를 곱게 돌려보내지 않겠다는 사실이겠
지."

당무환의 발길 밑으로 어느 순간 시퍼런 불길이

뱀의 혓바닥처럼 넘실거렸다.

여전히 그의 신발과 의복에는 아무런 영향을 주지 않는 신비한 불꽃이었다.

양문의 눈에 이채가 발해졌다.

'역시 당무환……'

표정에 변화는 없었지만 그는 내심 감탄했다.

백전의 노장이라 한들 이와 같은 상황에서 일말의 동요라도 보이기 마련이다.

한데 저처럼 냉정하다.

이건 무공의 강함과 상관이 없는 타고난 성정의 문제일 것이다.

축융기의 무한한 열기를 받아들인 당무환.

발길 밑에서 시작된 한 줄기 화염은 천천히 화룡(火龍)으로 변모하여 그의 전신을 휘감아 꿈틀댄다.

신비롭고 역동적인 광경이었다.

이 지독한 열기에 양문조차도 눈살을 살짝 찌푸렸다.

"용림신화(龍臨神火)의 경지! 축융종이 거의 극의에 달했구려."

화룡은 살짝 고개를 틀어 양문을 노려보았다.

화염으로 용을 만들어 내는 것만으로도 세상에 짝을 찾기 어려운 공부이거늘 용은 진정 영성이라도 트인 것처럼 양문을 향해 짙은 적의를 내뿜고 있었다.

천하 무림인들이 봤다면 기겁할 만한 광경이었다.

"의문은 접어 두겠네. 어쨌든 대라마혼진을 파괴하려면 자네를 쓰러트려야 함이 분명해진 이때에, 살아 돌아온 과거의 망령이라 하여 봐줄 수는 없지. 전력을 다해야 할 게야."

"그건 내가 할 말 같소만."

당무환의 입가가 살짝 올라갔다.

호탕한 성격으로 유명한 그가 싸늘한 살소를 머금었다.

화룡은 조용히 그의 몸을 타고 돌다가 이내 누워 있는 백성곡과 단기중 주변에서 날아다녔다.

화룡이 날아다니는 것만으로도 땅이 지글지글 끓고 있었다.

하지만 역시나 백성곡과 단기중에게는 한 점 해가 없었다.

"전력을 다해야 함에도 불구하고 힘의 여력을 두

어 일행을 지킨다……. 날 너무 우습게 보는 것 같소."

"나는 투쟁 속에서 세상 누구도 우습게 본 적 없네. 하물며 자네 정도 되는 술법사라면 말할 것도 없지."

당무환의 양손에서 시뻘건 불꽃이 터져 나왔다.

영롱한 화염, 용암처럼 붉은 화염은 이내 더욱 짙게 타오르더니 어느 순간 시퍼렇게 물들어 버렸다.

축융기가 극성으로 타오른다.

축융종.

칠왕무학 중 가장 지독한 살상력을 지닌 절대무학.

권법이니 장법이니를 떠나 불길을 일으켜 휘두르는 것만으로도 어떠한 신병이기보다 위험한 무기가 된다.

하물며 그것이 초고온, 육안으로 파랗게 보일 정도라면 강철조차 닿는 순간 녹아 버릴 터.

하지만 정작 양문이 경계하는 것은 당무환의 화염이 단순한 고온이기 때문이 아니다.

불길 자체만으로도 위협적이기 짝이 없지만, 그보다도 더 무서운 것은 축융기에 내재된 금술봉법의 기운이다.

누가 더 높은 경지를 이룩했느냐, 그런 문제가 아니었다.

세상 모든 술법사들에게 당무환은 천적에 다름이 아니다.

심지어 양문이 이은 환밀종(幻密宗)이라 해도 당무환에게 타격을 주기란 극히 어렵다.

역사를 찾아보아도 이보다 더 무서운 진법을 찾기 힘들다는 대라마혼진 속에서 저리 멀쩡하다면 축융기에 속한 금술의 봉쇄력이 얼마나 큰지 짐작조차 가지 않는다.

어떤 의미로 축융종의 무공은 당무환의 별호, 십절(十絕)의 칭호처럼 천하 무공 중 가장 만능에 가까운 무공일 수도 있을 것이다.

당무환의 동공에서 불길이 쏟아져 나왔다.

"각오하게."

화아아악!

그의 손에서 한 줄기 막강한 장력이 날아갔다.

보란 듯이 청염(靑炎)을 뿜으며 날아간다.

그 속도가 상상을 초월해서 푸른 광채가 일직선으

로 나타났다가 사라진 것만 같았다.

퍼엉!

양문이 서 있던 땅에 구덩이가 생겼다.

지글지글 녹는 땅.

놀라운 것은 땅이 녹자 그 주변의 경광이 일그러지며 이전 야산의 모습이 드러난 것이다.

옆으로 십여 보를 이동해 당무환의 일장(一掌)을 피한 양문이 한 손을 들어 올렸다.

"역시, 맨몸으로는 감당하기 힘든 상대야."

자그마한 중얼거림과 함께 그의 손에서 기다란 봉(棒) 하나가 생겨났다.

어디에 숨겨 두었던 것인지 나타난 붉은색의 장봉(長棒)은 길이가 일곱 자에 달했다.

당무환의 눈동자가 깊어졌다.

"법왕봉(法王棒)."

환밀종의 후계자에게 전해지는 법보(法寶) 중 하나.

세상을 살아가는 모든 술법사들이 꿈에서라도 한 번 잡아 보길 원하는 무가지보(無價之寶)였다.

양문이 법왕봉을 당무환에게 겨누었다.

"질풍(疾風) 이관(二貫)."

순간 무시무시한 바람 두 줄기가 송곳처럼 뾰족하게 회오리치며 당무환의 이마와 심장을 노려 왔다.

그 속도가 당무환의 일장 못지않아 술법이 시전된 순간 이미 지척이었다.

그러나 당무환은 피하지 않았다.

화아아악! 화르르.

철판이라도 꿰뚫을 것처럼 쏘아진 두 줄기 바람은 어느 순간 전신이 불꽃으로 뒤덮인 당무환의 화염벽에 맞아 스러지고 말았다.

술법이라고는 하나, 극한의 공기를 집중하여 쏘아낸 공격이니만큼 관통력이 강궁(强弓)과도 비교되지 못할 바일진대 그것을 당무환은 그대로 맞이한 것이다.

"역시 통하지 않는가."

당무환은 살짝 이마를 찌푸렸다.

"확실히 예전보다 진전이 있군. 미간과 가슴이 아릴 정도야. 하지만 장난은 이것만 받아 두도록 하지. 실력을 가늠하는 건 이번 공격으로 끝났네."

"친절하게 설명해 주지 않아도 알고 있소."

양문이 돌연 법왕봉을 땅에 찍었다.

찍는 힘이 얼마나 강렬한지 주변 풍경이 일그러지며 이전 야산의 모습이 보일 정도였다.

그의 오른손이 하늘을 가리켰다.

"질풍(疾風) 백관(百貫)."

일순간 아무것도 없던 당무환 주변 허공에서 수를 헤아리기 어려운 질풍의 송곳이 쏘아졌다.

어디에도 피할 곳은 없었다.

바람을 피할 수 있는 존재는 천지에 존재하지 않는 법이다.

둘러싸이는 순간 바위조차 가루로 낼 거력이 불꽃의 왕을 위협했다.

당무환이 일갈(一喝)한다.

"소용없어!"

퍼버버벅!

일렁이는 청염 속으로 응축되었던 질풍들이 스러지며 선선한 미풍으로 바뀌었다.

관통력이 대단한 술법이었지만 당무환에게는 약간의 아픔 그 이상을 주진 못했다.

그러나 양문에게는 그것이 시작이었다.

질풍의 백관으로 당무환의 힘을 순간적으로 방출시키는 그때 그의 법왕봉이 세차게 흔들렸다.

"응수귀(凝水鬼), 빙결극점(氷結極點), 삭풍괴(朔風怪)."

대기 중에 떠도는 엄청난 양의 수분이 얼어붙으며 수를 헤아리기 힘든 자그마한 얼음으로 모여들었다.

당무환에게 가까이 붙은 얼음은, 얼자마자 다시 녹아 들었지만 아직까지도 수만 개의 작은 얼음구슬들이 공중에 떠다녔다.

동시에 북쪽에서 세찬 한풍이 휘몰아쳤다.

단순히 차가운 바람을 넘어선, 맞는 즉시 피부가 얼어붙을 정도로 극한의 빙기를 머금은 바람이었다.

양문이 오른손을 천천히 오그라 쥐며 주먹으로 형태를 변환한다.

"설파군세(雪波群勢) 진중결(進中結)."

수만 개의 얼음구슬들이 빛살 같은 속도로 당무환에게 짓쳐 든다.

마치 휘몰아치는 눈보라가 초고속으로 운행된 듯한 느낌이었다.

"사결연법전열식(四結連法傳列式) 종장(終章)."

양문의 눈빛이, 당무환과는 정반대로 시퍼런 한기를 발한다.

"빙쇄관(氷鎖棺) 부동천주(不動天柱)!"

쩌렁쩌렁한 양문의 외침.

순간 당무환에게 모여든 빙주(氷珠)들이 모이고 모여 서로 겹치고, 거대한 관이 형성되었다.

당무환이라는 희대의 무인을 완전히 봉해 버린 얼음의 관.

높이는 오 장에 달하고 지름이 이 장에 달하는 거대한 얼음의 관은 그저 보는 것만으로도 숨이 턱턱 막혔다.

하나의 술법을 펼치는 것조차 주(呪)를 외고 기(氣)를 다루며 신(神)의 힘을 빌어야 마땅하거늘, 이 고위 술법들을 양문은 초고속 주문술로 모조리 이뤄 내 당무환을 가둬 버린 것이다.

강호를 종횡하는 수많은 술사들이 보면 일평생 자랑거리로 삼아도 될 만큼의 무시무시한 술법들이 연이어 펼쳐졌지만 양문은 만족하지 않았다.

일단 빙쇄관이라는 고위술법으로 가둬 버렸지만 상대는 당무환이었다.

얼마 지나지 않아 귀신도 천 년을 가둬 버린다는 빙쇄관을 모조리 녹이고 부술 것이다.

과연 거대한 얼음관이 안에서부터 녹고 있었다.

단순히 두꺼운 얼음이 아니라 술법의 괴력을 담아 낸 얼음이었지만, 당무환의 지독한 축융기는 단박에 빙쇄관의 내부부터 녹여 버리고 있었다.

양문은 가볍게 미소를 지었다.

비록 지난바 의도가 있어 과거를 함께했으나 그래도 치열한 전장을 겪어 왔던 사이였다.

상대방의 뛰어난 능력은 흡족하기 짝이 없었다.

그리고 그런 상대의 힘을 짓눌러 버리는 것은 더욱 큰 쾌락이 될 것이다.

그가 노리는 것은 따로 있었다.

양문이 눈을 감고 두 손으로 법왕봉을 잡았다.

주문을 외우지도 않고 그저 의념만으로 행하는 술법.

이미 극한으로 발달된 상단전은 법왕봉과 일체를 이루었다.

뜻이 이는 순간 술법의 궤도는 발현되기 직전 입구까지 도달한다.

그의 술력을 받은 법왕봉이 오색의 광채를 머금었다.

스르르.

시간이 그리 많이 지나지도 않았건만 빙쇄관 안에서 이는 불길은 점점 커져만 갔다.

건조해진 공기 중으로 다시 습기가 퍼져 나간다.

거대한 빙쇄관은 금방이라도 녹을듯 비처럼 땀을 흘리고 있었다.

쩌저적!

마침내 빙쇄관 한가운데에 커다란 금이 가고.

빠가각!

말 그대로, 거대한 얼음기둥은 반쪽이 나 버렸다.

세로로 갈라진 빙쇄관 안에서는 자욱한 수증기가 피어올랐고, 그런 수증기를 단박에 날려 버리는 화염의 신이 있었다.

그러나 관 안에서 엄청난 화력을 쏟아 냈는지 당무환의 몸에서 이는 청염은 명멸을 반복했다.

온전히 화염을 유지하기에는 찰나에 쏟아 낸 열기가 지나치게 컸던 까닭이다.

양문의 눈이 번쩍 뜨였다.

청염이 사그라진 약간의 시간.

녹아서 떨어진 빙설관의 수증기가 당무환의 몸을 덥썩 무는 순간.

절대로 젖지 않을 것 같은 당무환의 옷과 피부가 젖는 그 순간.

왼손으로 쥔 법왕봉이 하늘을 향하고, 오른손은 당무환을 향한다.

양문이 일평생 세 번밖에 써 보지 않았던 고대의 신 제석천(帝釋天)의 분노.

술법계 최고라 논해지는 다섯 술법 중 하나이며, 단순 공격력으로는 천하제일을 다투는 뇌전의 술.

양문의 입에서 낭랑한 외침이 터져 나왔다.

"강신제석(降神帝釋) 일법(一法) 비뢰난형(秘雷亂形)!"

번쩍!

하늘에서 한 줄기 번개가 법왕봉으로 떨어지고 떨어진 번개는 술법으로 증폭되어 양문의 오른손으로 모여들어, 수십 줄기의 뇌전이 제멋대로 비산하며 당무환의 몸에 작렬한다.

번개가 떨어지고 쏘아지는 시간.

시간이라는 단어 자체에 의미가 사라질 정도로, 찰나의 찰나를 쪼갠 시간에 이뤄진 무자비한 전격 (電擊)이었다.

당무환의 몸에 수십 줄기의 뇌전이 무차별로 작렬했다.

파바바박!

그러나 양문은 거기서 끝낼 생각이 없었다.

법왕봉을 내리고 다시 한 번 하늘로 치켜든다.

"강신제석 이법(二法)."

그의 오른손이 재차 당무환을 향했다.

"비뢰문형(秘雷紋形)!"

순간 양문의 오른손에서 터져 나간 한 줄기 벼락에 당무환의 가슴에 작렬했다.

당무환의 가슴 의복은 갈가리 찢겨지고, 그 가운데에는 거대한 번개의 형상이 문신처럼 타 들어갔다.

직격을 당했다고 끝이 아니라, 당한 상처에서 재차 이중, 삼중으로 타 들어가는 충격이었다.

양문은 다시 한 번 술력을 끌어 올렸다.

양손으로 법왕봉을 잡고 그대로 땅에 찍는다.

"강신제석 삼법(三法)!"

그의 머리카락이 전부 하늘로 솟구치고 의복이 미친 듯이 펄럭였다.

환술로 일구었던 풍경이 모조리 흩어지며 본래의 야산 풍경이 드러났는데, 보이는 모든 곳에 시퍼런 번개가 내달리고 있었다.

마침내 양문의 입에서, 최후의 외침이 터진다.

"비뢰천간난신교형(秘雷天間亂神交形)!"

어두컴컴한 하늘, 그 넓은 하늘 곳곳에서 수천 개의 번개 줄기가 번쩍이다가 지상으로 꽂혔다.

번쩍이는 순간 이미 지상을 때리고 가장 많은 뇌전이 휘몰아치는 당무환의 곁으로 미친 듯이 치달린다.

끔찍함을 넘어선, 그야말로 장엄한 광경이었다.

퍼버버벅!

바닥에 있던 수많은 시체들은 이미 시커멓게 타다가 재가 되어 흩어져 버렸다.

야산 전체가 전격을 맞은 듯 비명을 질렀다.

차가운 땅은 번갯불이 튀어 흐느적거렸고, 거대한 충격을 받은 몇몇 곳은 아예 포탄이 떨어진 것처럼 움푹움푹 파였다.

그리고 그 한가운데에.

모든 전격이 휘몰아치며 시퍼런 구(球) 속에 갇힌 당무환은 몸을 꿈틀거리고 있었다.

빛이 너무 강렬했기에 양문도 제대로 보지 못할 정도였지만 그는 확신했다.

칠 년 전에는 제대로 깨우치지 못했던 제석천의 술법, 강신제석의 삼법을 펼쳤다.

아무리 금술봉법의 축융기라 해도 버티지 못할 것이다.

순수한 술법만으로 화왕을 잡은 것이다.

짧은 순간, 하늘에서 직접 불러일으킨 뇌전을 술법의 힘으로 증폭시켜 직접적으로 공격한 양문도 상당히 지친 모습이었다.

여전히 표정에 변화는 없지만 이마에는 땀이 맺히고 호흡도 불균형했다.

그 와중에도 묘한 흡족함이 그의 눈에 서렸다.

술사와 천적이라는 당무환을 제석천의 술법으로 직접 잡은 것이 흔들리지 않는 음양왕의 가슴을 뒤흔들 정도로 의미가 큰 모양이다.

그러나 그의 흡족함은 이른 감이 있었다.

시퍼런 뇌전이 튀기는 구체가 사라진 후, 재가 되어 날아가진 않아도 당장 쓰러져야 마땅할 당무환이, 비록 의복 곳곳이 찢어지고 입가에 한 줄기 핏물을 흘리고 있다 해도 상상 이상으로 멀쩡한 신색을 유지한 채 꼿꼿이 서 있었기 때문이다.

믿을 수 없는 광경이었다.

설령 천하 최강이라 불리는 철혈성주라 해도 제석천의 술법을 직격으로 당한다면 생사를 장담하지 못할 것이다. 그런 무지막지한 전격을 맞고도 당무환은 서 있는 것이다.

"후읍. 잘 견식했네. 제석천의 술수, 특히 마지막 술법은 진정 위험했어. 축융기를 극성으로 끌어 올리지 않았다면 비명도 못 지르고 죽을 뻔했지 뭔가."

죽음의 위기를 겪을 뻔했던 남자가 하는 말치고는 상당히 담담했다.

입에서 피가 흐르고 의복이 타고 찢어졌다고는 하지만 피부나 체모, 어느 한 구석도 무시무시한 벼락을 연속으로 맞이한 사람이라고 보기에 지나치게 멀쩡했다.

융통무애, 축융기가 극도로 미세한 체모까지 둘러

첬기에 가능한 상황이었다.

양문의 표정이 처음으로 변화를 보였다.

언제까지나 무표정해 보일 것 같았던 그의 얼굴이 약간의 난감함으로 표출된다.

상대가 당무환이라서 그렇다.

백성곡, 철혈성주, 전대의 어떤 고수들이라 할지라도 오롯이 제석의 술수를 맞았다면 죽음을 면치 못했을 것이다.

설령 살았다 한들 치명적인 중상을 입었을 것이다.

당무환은 그저 약간의 내상, 그것이 전부였다.

"이 정도 받았으면, 과거의 정리를 잊기에는 충분하지. 이제부터 봐주지 않을 생각이니 긴장 좀 해야 할 걸세."

순식간에 온몸을 치달리는 청염.

그야말로 불꽃의 화신이 되어 버린 당무환의 신형이 전면으로 쏘아졌다.

번개가 몸을 때렸던 속도도 빛이었지만, 당무환의 움직임 역시 빛이었다.

훅 하고 그 자리에서 꺼졌는데 어느새 양문의 전

면에 다다랐다.

기척보다도 먼저 느껴 버린 열기였다.

양문은 본능적으로 뒤로 물러서 법왕봉을 휘둘렀다.

법왕봉의 봉첨(棒尖)에서 새하얀 빛무리가 터졌다.

사르륵.

닿기만 해도 피부가 깨질 만한 빙기(氷氣)를 담은 술법이었지만 당무환의 앞에서는 아무런 힘도 발휘하지 못한다.

당무환의 주먹이 직선으로 뻗었다.

쾅!

"크윽."

어쩔 수 없이 나오는 신음이었다.

술법의 빙기를 모조리 증발시킴과 동시에 법왕봉에 모인 술력까지 완전하게 파쇄 한다.

그걸 넘어서 양문의 의복까지 태워 버릴 정도의 공격력이었다.

양문은 뒤로 물러서면서 중얼거렸다.

의미를 알 수 없는 말들의 나열.

땅 밑에서 일순 무시무시한 대지의 기둥이 솟아난다.

끝이 뾰족한 첨탑들이었다.

거의 빙쇄관만 한 크기의 기둥 십여 개가 양문의 전면 일대를 가득 메웠다.

퍼어억! 콰릉!

소용이 없다.

당무환에게는 그의 술법이 전혀 통하질 않았다.

이미 극한으로 축융기를 내뿜는 당무환이 주먹질을 하고 발길질을 하면 술법의 영향을 받은 어떠한 공격도 무용지물이 되어 버렸다.

땅에서 솟구친 엄청난 첨탑들이 박살 나고 흩어지는 것도 순식간이었다.

그러나 양문의 공격 역시 당무환에게 있어서 그냥 무시할 수 있는 것이 아니었다. 제석의 술법만큼은 아니었지만 갑자기 허공 높은 곳에서 쏘아져 내리는 우박이라든지, 발밑에서 솟아난 수백 개의 날카로운 검이라든지, 결코 경시할 수 없는 공격들이 무작위로 쏟아지고 있었다.

당무환은 차분히 축융기를 올리며 양문의 술법들

을 하나하나 격파해 나갔다.

막 땅 밑으로 거대한 구덩이를 생성해 버린 양문.
밑으로 훅 꺼져 떨어지는 당무환이 다시 한 번 축융
기를 사방으로 쏘아 냈다. 동시에 지저 깊은 곳으로
떨어질 술법의 영역 자체가 깨부숴졌다.

그 틈으로 법왕봉의 봉첨이 당무환의 얼굴을 노렸
다.

술법만이 아니라, 초식의 투로를 제대로 밟은 높
은 경지의 무공이었다.

음양왕이 천재라 불리는 까닭은 비단 술법을 최고
위 경지까지 끌어 올려서가 아니었다.

지난바 술법보다 못할지언정 감히 강호의 어떤 절
정고수들조차 경시할 수 없을 정도의 무공까지 익힌
것이다.

하지만 상대는 당무환이었다.

어떠한 술법도 이겨 낼 수 없는 무공을 익힌 무도
의 천재.

법왕봉이 당무환의 얼굴을 스쳤다.

당무환은 봉을 피함과 동시에 양문의 곁으로 파고
들었다.

그의 쌍장이 청염을 담은 채 그대로 양문의 가슴
을 후려쳤다.

퍼엉!

"커헉!"

어쩔 수 없이 양문의 입에서 피가 터져 나왔다.

가슴은 화상으로 일그러졌고 의복은 하의만 남긴
채 모조리 재가 되어 날아갔다.

즉사를 하지 않은 게 다행이었다.

바위조차 불길이 닿기도 전에 끓어 녹아 버리는데
인간의 몸이라고 그걸 버틸 재간이 있으랴.

그만큼 양문이 이룩한 경지 역시 드높다는 증거였
다.

여전히 압도적인 공세를 쏟아부었지만 지금만큼의
거센 승기를 잡은 적은 없었다.

당무환의 눈이 광채를 머금었고 그의 손 하나가
지금껏 본 적 없었던 거대한 불덩어리를 생성해 냈
다.

청염의 구(球).

집약된 기의 농도가 무시무시했다.

제아무리 양문이라도 이걸 정면으로 받아 낸다면

시신조차 온전히 남기지 못한 채 죽어 나갈 것이 분명했다.

그때였다.

당무환의 눈에 양문의 상체에 새겨진, 수많은 글자들이 눈에 잡혔다.

'저건 뭔가?'

기하학적으로 생긴, 문신처럼 박힌 글자들이었다.

고대 범어(梵語)와 비슷한 것 같은데 그와는 또 다르다.

연원을 도통 알 수가 없는 글씨들이었다.

상체 전반에 걸쳐 쓰인 글씨들.

한데 묘했다.

그저 바라만 보아도 빨려 들어가는 착각이 이는, 이상한 힘이 느껴진다.

놀랍게도 글씨 하나하나에서 생경한 기(氣)의 파동이 느껴졌다.

입가의 피를 닦은 양문이 다소 창백해진 안색에 미소를 지었다.

무표정한 얼굴이 한 번 깨지자 이제야 인간이 된 것처럼 표정변화를 많이 보였다.

"정말 대단하시오. 예상은 했지만 이렇게 압도적으로 패배할 줄은 몰랐소."

"……그 글씨들은?"

"별 것 아니오. 그저 최후를 대비한 장치일 뿐이지."

양문이 담담하게 말한다.

그리고 그 내용은, 실로 당혹스러운 것이었다.

"내가 지닌 술력이 전부 떨어져도, 몸 안에 키워 놓은 선천지기의 활용도를 극대화해 반경 백여 장을 소멸시키는 진언주문(眞言呪文)이오."

엄청난 말을 담담하게 하는 양문이었다.

당무환은 청염의 구를 피워 올린 채 잠시 몸이 굳었다.

들은 기억이 있었다.

술법계 최고라는 다섯 술법 중에서도 재앙의 술법이라 일컬어지는 악마의 술(術).

능력만 된다면 시전자에게 아무런 해가 되지 않는 제석의 술수가 단순 공격력으로 최강에 가깝다지만, 지금 양문이 말하는 술법은 아예 비교나 수준이 다른 술법이다.

시전자의 몸을 기반으로 시전자를 포함, 상상을 초월하는 영역의 소멸까지 가져다주는 최악(最惡)의 술법.

금지된 술법이지만 그 위력의 강대함 때문에 다섯 술법 중 하나로 꼽히게 된 악마의 이면(裏面).

"앙신강림요법마체(殃神降臨妖法魔體)……."

"그것까지 알다니 역시 화왕의 견식은 놀랍소. 맞소. 내 몸에 새겨진 글자들이 바로 마신법(魔神法)이라 하는 앙신강림요법마체의 주문이오."

당무환이 슬쩍 뒤를 바라보았다.

여전히 한 마리 화룡은 백성곡과 단기중을 지키고 있었다.

둘은 더없이 깊은 꿈속을 헤매고 있을 것이다.

대라마혼진이 깨지지 않은 이상, 영원히 꿈속을 헤맬 것이고, 한계를 넘어서게 된다면, 그렇게 죽어갈 것이다.

둘을 지켜야 한다.

홀홀 단신인 자신과 달리 둘은 돌아갈 길이 있었다.

아무리 철혈성주의 야망을 막는 것이 중요하다지

만 그렇다고 둘을 포기하는 것도 무리다

그렇다는 것은 결국, 양문을 죽이지 못한다는 뜻과 같았다.

양문을 죽이게 되는 즉시, 생기의 이상변동을 알아낸 저 요악한 글자들은 앙신강림요법마체를 발동시킬 것이고, 결국 반경 백여 장에 이르는 대폭발을 일으키게 될 것이다.

그 정도 폭발력이라면 축융기를 익힌 당무환 자신이라 해도 생사를 장담할 수 없다.

버틴다 한들 어디 한 군데는 날아가도 틀림없이 날아갈 것이며 회복 불가의 상처를 입게 될 것이 자명하다.

당연히 백성곡이나 단기중은 죽는다.

십 할의 확률로 죽을 것이다.

앙신강림요법마체의 폭발은 설령 무신(武神)의 경지에 다다른 철혈성주나 백성곡이라 해도 맨몸으로 받아 낼 수가 없는 종류의 술법이었다.

"참으로 난감하군. 많은 준비를 했어."

"역시나 정이 많소. 대의를 위해 동료들의 죽음조차 외면할 수 있는 투왕과는 다르오. 옛날부터 당신은 선한 품성과 호쾌한 기상으로 세상을 살아왔었지. 만약 당신이 투왕처럼 버릴 줄 아는 이였다면, 정말 까다로웠을 것이오."

한층 여유로워진 음색이었다.

양문의 말은 정확하게 당무환의 마음을 꿰뚫고 있었다.

당무환의 손 위에서 타오르던 거대한 청염의 구가 천천히 줄어들었다.

마음 같아서는 당장에 쏟아붓고 이 지긋지긋한 대라마혼진을 파괴하고 싶었지만 지금 상황에서 그건 말 그대로 불가능에 가깝다.

양문이 가볍게 하늘을 올려다보았다.

드넓은 하늘 곳곳이 어두웠지만 특히나 이 야산의 하늘은 비교할 대상이 떠오르지 않을 정도로 어두웠다.

무시무시한 마기들이 지금 이 순간에도 증폭되어 가고 있었다.

"당신은, 정말 대단하오."

뜬금없는 말이었다. 당무환의 눈썹이 꿈틀거렸다.

"운명과 천리(天理)를 벗어나고 싶어 하면서도 무

조건 그에 따를 수밖에 없는 것이 술사들이오. 하늘의 틈을 보게 된 대가라 할 수 있을 테지. 스스로 운명을 개척할 자격이 주어지며, 신(神)과 마(魔) 양쪽 어디로든 갈 수 있는 평범한 사람들과는 다르오. 이쪽 영역에 발을 들이게 되는 순간 우리는 하늘의 넓은 그물을 벗어날 수가 없지. 태어나기를 그리 태어났으니 애초에 선택의 여지조차 없소. 밭을 갈며 평범하게 살아가는 민초들이 우리에게 있어서 얼마나 큰 부러움의 대상인지 당신은 모를 거요."

칠 년 만에 만난 양문은 말수가 꽤 많아진 모양이다. 하지만 당무환은 그의 말을 제지하지 않았다.

"축융종, 세상에서 가장 뜨거운 불길. 마(魔)보다도 강대한 힘을 지녔음에도 정심을 잃지 않은 당신이 나는 부럽고 존경스러웠소. 있는 듯 없는 듯 조용했지만 일상에서도 전투 중에도 항상 왕들은 당신이 뒤에 있다는 이유 하나만으로 든든함을 느꼈지. 투왕의 위엄과는 또 달라. 당신이 아닌 다른 이가 축융종을 익혀 함께했다면, 지금 이곳까지 달려오지도 못했을 거요."

"하고 싶은 말이 뭔가."

양문은 당무환의 물음에 답하지 않았다.

오로지 그 스스로 하고 싶은 말을 이었다.

"그러한 당신을, 내가 단 한 분을 빼면 가장 존경하는 당신을 쓰러트려야 하는 현실에 내심 불편하기도 했소. 나의 술법에 당한다면 적어도 시신 정도는 온전하게 유지했을 터. 해서 난 칠 년간 많은 준비를 해 옴과 동시에 나의 술법을 드높이는 데에 주력했소. 아무리 술사들의 천적이라는 화왕 당무환이라 해도 이겨 낼 수 있는 술법을 한 몸에 쌓고자 밤낮을 가리지 않았지. 하지만 역시나 그리 되진 않는 모양이오. 제석의 술법까지 완성을 시켰건만 고작 이 정도 피해. 당신의 대단함에 감탄을 해야 할지, 파멸적인 최후를 맞이해야만 하는 당신에게 동정을 품어야 할지 모르겠소."

양문의 얼굴에 미약한 안타까움이 맴돌았다. 애초에 표정 변화가 없던 그였던 만큼, 아주 작은 감정의 동요도 커 보인다.

"죽는 순간까지도 당신은 투왕과 패왕을 보호하려 들 테지. 정작 자신이 죽는 한이 있더라도 말이오."

"……."

"역시나 예견된 수순이었소. 만월지란이 끝난 후 그의 말대로 될까 한 줄기 의심은 품었거늘 이렇게까지 맞아 들어간다니, 무섭기 짝이 없는 지능이로군. 이 정도라면 거의 예지력이라 해야겠지. 운명을 바꿀 힘이 있는 이들이라도, 그보다 더 윗길에 있는 자의 눈만큼은 피할 수가 없는 것 같소."

"무슨 말을 하는 건가!"

당무환의 호통이 곧바로 뒤를 이었다.

입에서 불길이 쏟아질 것 같은 일갈이었다.

양문의 눈이 투명하게 변했다.

마지막이라고 생각해서일까? 그는 당무환의 물음에 답변해 주었다.

누구에게나, 칠왕들에게는 특히나 더 충격적인 사실을.

"마지막 가는 길, 선물이라 생각하고 들으시오. 지닌바 무력이 신에 달했다는 철혈성주. 인간의 몸으로 하늘이 부여한 한계를 초월하여 오롯이 천하 정점에 선 자. 그러나 당신들은 모를 거요. 철혈성주는 본래 무인이 아니라 한 명의 술사(術士)였다는 것을."

"……!"

"그 역시 운명을 거스르지 못할, 거슬러서는 안 될 자였소. 평범한 민초의 삶을 동경했던 고정된 부동자였소. 천하 창생을 위해 음지에 들어가 세상을 주시해야 할 술법사였다는 것이오. 하나 그는 운명을 개척하겠다는 하나의 욕망과 꿈을 이루기 위해 제 스스로 자신의 스승이자 아비였던 자를 죽이고야 말았소."

자신의 부모를 죽인다.

패륜(悖倫)이었다.

범부들은 물론 비범한 이들조차 상상하기 힘든 일을 저지른 현 철혈성주.

"또한 대외적으로 초대 성주에게 다음 성주직을 위임 받았다는 사실과는 달리, 자신의 사형을 축출하여 성주직을 억지로 꿰찼지."

"그런……!"

"이유는 간단하오. 세상은 인과율(因果律)이라는 간단하고도 혹독한 법칙으로 돌아가고 있소. 생명을 얻은 자라면 누구라도 피해 가지 못할 하늘의 법규라는 것이오. 하물며 철혈성주는 술사였소. 최악 중 최악의 만행을 저지른 것이지. 그러나 그것은 동시에, 술사로서의 운명을 이어받은 자가 깰 수 있는 가장 큰 반란이었소."

양문은 잠시 말을 멈추다가 재차 입을 열었다.

"반란. 그렇지…… 그것은 반란이었소. 하늘의 법칙, 법규, 법도를 정면으로 깨부수는 행위는 생령이 저지를 수 있는 최악의 반란인 셈이오. 부모와 자식, 스승과 제자, 피를 나눈 형제. 그러한 관계들을 모조리 깨버림으로써 철혈성주는 술사임과 동시에 인간이 저지를 수 있는 모든 파륜을 다 저지른 셈이오."

"도대체 왜……?!"

"운명을 거스르기 위해서요."

양문의 눈에서 기이한 열기가 뿜어져 나왔다.

끔찍한 내용을 담은 말을 하면서도 한 점 흔들림이 없던 그의 눈이, 어떠한 열망을 품고 있었다.

"하늘의 법도를 깨어, 비참한 나락으로 떨어져야 마땅할 술사는 신의 오묘한 섭리로 이 땅에 모습을 드러낸 신병이기(神兵異器), 무수한 법보(法寶)들을 긁어모아 공간을 접어 천안(天眼)의 시선을 피했소. 경계와 경계의 틈 안에서 살아가며 힘을 키운 술사는 지닌바 술법과 고도에 이른 지능으로 드러나지 않은 채 세상을 좌지우지했소."

술가(術家)에 대한 지식이 그다지 폭넓지 않은 당무환으로서는 알아듣기가 다소 힘든 말들이었다.

그러나 어떤 느낌인지 정도는 충분히 파악할 수 있었다.

당무환의 눈에서 분노의 불길이 쏟아졌다.

"본인의 운명을 개척한다는 명목 하에…… 패륜의 업을 졌다는 것인가?"

"명목이 아니라 그 길밖에 없었다고 해야겠지."

"정녕 상종 못할 미친 자로구나! 그래서, 아무런 죄도 없는 민초들 이만여 명을 지옥으로 보낼 셈이냐!"

완연한 분노였다.

세상을 태울 불꽃이었다.

당무환의 몸에서 발작적인 청염이 아지랑이처럼 타올랐다.

"당신은 잘못 알고 있소. 이만여 명이 아니라 십만 팔천 명이오. 준비가 빨랐다면 일만 팔백으로 충분했겠지만 시간이 많이 지났소. 칠 년 주기, 그만큼의 시간이 늘어날수록 천도와 정면으로 맞서 무사하기 위해서는 더 많은 죄과(罪過)가 필요한 법이오."

"무어라?!"

양문의 입가에 자그마한 미소가 어렸다.

"부모를 죽이고 형제를 죽이고 제자를 죽인다. 인연(因緣)을 맺고, 강제적인 죽음으로 그것을 끊어 버린다. 경계 속의 술법에서 지내지 않았다면 이미 철혈성주는 태초 이래 가장 비참한 최후를 맞이했을 터, 그럼에도 아직까지 살아 있을 수 있었던 것은 그 이후에 너무나도 많은 죄과를 저질렀기 때문이오. 하늘조차 주춤한 까닭이지. 성주의 제자들 역시 훗날을 위한 제물에 불과하오."

양문은 천천히 손 하나를 들었다.

짙은 내상으로 입가에는 여전히 피가 흐르고 있었지만 표정은 다시 차가움을 되찾는다. 들린 손에는 적색 장봉, 법왕봉이 들렸다.

"이왕 천도를 어긴 것, 인간으로서도 술사로서도 살아갈 수 없는 몸. 실상 결과는 중요한 것이 아니었소. 그저 과정만이 중요했지. 하늘의 법도를 깨고도 온전히 살아남는 것 자체가 철혈성주에게는 이미 운명을 거스른 것이오. 비록 경계 속에서 하늘의 눈을 속인 채 살아왔다지만, 그 행위만으로도 철혈성주는 만족했었지. 하지만 그의 앞에는 길이 하나 더 있었소."

적색의 법왕봉에 은은한 광채가 맴돌았다.

아니, 그것은 광채라기에는 너무나도 어둡고, 사악했다. 끊임없이 증폭되는 대라마혼진 속의 마기들이 법왕봉으로 소용돌이치며 모여들고 있었다.

술력이 아니었다.

움직이게 만드는 원동력이 술력이었지만 법왕봉에 모인 기운 자체에는 술력이 작용하지 않는다.

그 양이, 짧은 순간 엄청나게 응축되었다.

"세상 만물을 구성하는 법칙. 햇살이 있으면 어둠도 있는 법. 밝은 하늘 아래 살아가지 못함은 당연지사, 택할 수 있는 길은 어두운 그림자 속 삶."

양문의 눈에 은은한 떨림이 보였다.

동경, 경의, 안타까움, 부러움 등 도무지 하나의 단어로 설명하기 어려운 눈빛이었다.

"스스로가 또 다른 법도로 화하는 것. 그것이 철혈성주의 진짜 목표요."

술사로 인생이 정해져 버린 한 인간이 신(神)이 되기 위해 세상을 속이며 십만 팔천의 생령들을 제물로 삼았다.

당무환의 몸에서 이는 화염이 일순 커다란 흔들림을 보였다.

통제할 수 없는 놀라움이었다.

양문의 눈은 진실을 말하고 있었다.

격장지계라든지 상대의 틈을 보겠다든지의 의도는 전혀 찾아볼 수 없는 진실이 담겨 있었다.

"하지만 그의 야망이라는 것은……!"

"이만에 달하는 양민들을 제물로 삼아 여타 불온한 세력이 있음을 황궁에 알리고 호국공(護國公)의 신분으로 병권(兵權)을 장악. 이후 황궁 곳곳에 심어 둔 세력들과 동조하여 단숨에 황궁을 친다. 당금 명제국의 황제를 반정(反正)의 기치 하에 끌어내리고 스스로 천자(天子)가 됨으로써 천하의 주인이 된다……. 당신이 알고 있는 철혈성주의 야망은 이것이겠지."

그것이었다.

황궁 내부의 쟁투였다거나 그저 강호의 일이었다

면 음지에서 활동하던 협사회, 칠왕들이 나서지도 않았을 터.

그러나 철혈성주는 이만에 달하는 백성들을 죽음으로 몰아넣어 꾸며진 진실을 들고 나라 자체를 뒤엎겠다고 하였다.

이만에 달하는 백성들도 그러하지만, 그런 불손한 작자가 황제의 위(位)에 오르게 된다면 천하가 도탄에 빠질 터.

협사회가 세상에 나타난 이유가 달리 있는 것이 아니었다.

무고한 민초들의 희생을 발판 삼아 하늘 아래 최고의 권력을 쥐기 위해 대륙을 전란(戰亂)으로 물들게 하려는 자.

철혈성주의 야망은 당연히 제동 걸려야 마땅했다.

그런 마음을 품었다는 것 자체만으로도 위험한 작자였다.

한데 그것조차 위장된 야망이었다는 것이다.

껍질 안을 들여다보면 그와는 비교가 되지 않는, 평범한 사람이라면 헛소리라 치부할 정도로 괴상한 목적을 향해 무려 십만 명이 넘는 백성들을 해하고

자 하는 사람이라니.

"미친 작자로군. 그 이상 미치기도 어려운, 진짜 미친 작자였어!"

"상식에 얽매이지 않았다는 표현이 옳겠소."

"그게 가능하리라 보나?! 말도 안 돼! 그런 일은 있을 수가 없어! 그런 꿈같은 일을 위해 십만의 백성들을 죽음으로 몰아넣는단 말인가! 스스로 신이 되기 위해? 법도가 된다고? 이런 천하의 막되어 먹은……!"

분노, 라는 단어조차 형용하기 힘들 만큼의 분노를 내뿜는 당무환이었다.

당장 눈앞에 철혈성주가 있었다면 일장에 때려죽일 마음이 가득하다.

양문의 눈이 반짝였다.

"불가능하다고 생각하시는 모양이군. 틀렸소. 사람들은 항상 자신들의 시선 안쪽에서만 생각하지. 불가능하다고 생각되는 일들이 버젓이 눈앞에서 벌어지고 있다면 그저 환상으로 치부하며 근본을 보려하는 노력 자체를 하지 않지. 그처럼 선한 품성과 호쾌함으로 대지를 누볐던 당무환 당신조차도 그러할

진대 남들은 어찌 보겠소. 애초에 이해할 사람도 많지 않소. 예상대로의 반응이긴 하군."

"가능하단 말이냐! 그런 것이?!"

"가능하지 않았다면 시도조차 하지 않았을 것이오. 철혈성주는 그런 사람이오. 이미 하늘을 거슬렀다는 것만으로도 만족했던 사람이 한낱 환상 같은 목적을 위해 움직였을 리 없잖소? 당연히 방법은 있소."

이제야 비로소 드러나는 마각(馬脚)이었다.

하늘 아래 유일한 권력자, 천자가 되겠다는 역심도 충분히 미친 짓이라 할 만했거늘 스스로 법도가 되어 버리겠다니? 인간의 탈을 벗어나 신이 되겠다는 뜻이다.

"정녕…… 용서할 수 없는 놈이로다."

"그가 꿈을 이루게 된다면, 용서라는 말 자체가 성립되지 않을 것이오. 우리는 신이 되어 버린 그의 또 다른 법칙 안에서 살아가는 존재가 될 터이니."

"그것을 다 알면서도 너는 동조하고 있었단 말이렷다?!"

말투가 달라졌다.

진심으로 분노한 것이다.

당무환의 몸에서 이는 불꽃은 이제 확연히 느낄 정도로 커져 있었다. 청염을 넘어서서 거의 백염(白炎)처럼 보일 정도다.

"그렇소."

"천하의 악독한 놈이로다. 천하의 악독한 놈이야! 내, 목숨을 잃는 한이 있더라도 너와 철혈성주만큼은 결코 용서하지 않을 것이다!"

마음 한편, 조금이나마 과거의 전우로 생각했던 바가 없지는 않았다.

약간의 마음, 주저함, 감정의 잔재는 이 순간 모조리 날아가 버렸다. 불의 화신으로 변모한 당무환의 눈에서 흐르는 것은 짙고 짙은 분노와 적의(敵意)뿐이다.

"안 됐지만 늦었소."

"뭐라?!"

"나는 당신을 인간으로서 죽도록 술법을 펼쳤지만, 당신은 그것조차 이겨 냈지. 그렇다면 이제 방법은 하나뿐이오. 술법이 아닌 것으로 당신을 소멸시키는 수밖에 없을 것이오. 제아무리 술법과 무공

의 경계가 필요 없는 지경까지 이른 철혈성주라지
만, 그에게 가장 위험한 가능성을 보여 줄 수 있는
자가 당신이니, 기필코 당신만큼은 이곳에서 사라져
야 하오."

"네놈……."

"아직 기억하고 있소? 금법상쇄(禁法相殺)의 술,
봉신멸기(封神滅技)."

봉신멸기.

칠왕종 중 유일하게 술법과 상극인 축융종에서도,
감당 못할 술법을 자체 봉인시켜 버리는 절대적인
술법봉인기.

종류, 강함 등 모든 걸 무시한다.

축융종의 비기로 일단 펼쳐진 상대의 술법 자체를
영원히 봉쇄시킨다.

마찬가지로 시전자의 원념과 생기를 건 앙신강림
요법마체가 아니라면 어떠한 강신술도 어떠한 술법
도 모조리 봉쇄시킬 수 있다.

문제는 봉신멸기라는 비기를 펼치려면 펼치는 시
전자 자신의 영혼까지 걸어야 한다는 것.

상대의 술법을 자신의 영혼과 함께 봉쇄시키는 것

이다.

영혼을 떠난 육체는 당연히 죽음을 맞이하게 될 것이고, 영혼 역시 술법과 함께 영원히 봉인된다.

봉신멸기는 말 그대로 최후의 비기라 할 만했다.

육신은 물론 영혼까지 걸어야 하는 최후의 술수.

이전 오왕이 진조월에게 펼쳤던 전이성단의 금법과 거의 동급이라 할 수 있는, 술법계 최고의 봉인기였다.

당무환의 눈동자가 흔들렸다.

양문이 쥔 법왕봉이 검붉은 색깔로 변모한다.

광채를 발하던 법보 법왕봉은 여기에 없었다.

스산한 안개처럼 모이는 마기에 물든 법왕봉.

그 속에 깃든 마기는 대라마혼진을 이루는 마기 절반에 해당할 정도로 무시무시했다.

법왕봉이 터져 나갈 것처럼 부르르 떨렸다.

양문 역시 이 정도로 방대한 마기를 다루는 것에 엄청난 부담을 느끼는 듯 전신으로 식은땀을 흘렸다.

산에 마기가 줄어듦과 동시에 백성곡과 단기중을 침범했던 마기 역시 불안한 파동을 보였다.

필시 꿈속 상황도 이전과는 달라지리라.

하지만 그것이 중요한 게 아니었다.

상상할 수 있는 최악의 결과물이 이곳에 있었다.

법왕봉에 모인 마기는 강신(降神)의 술수를 받아들인다.

최고위 강신술이었다.

고대 신화, 등장만으로도 천하를 벌벌 떨게 만들었으며 지형지물마저 바꾸게 만들었던 수신(水神)이 이곳에 강림하였다.

거대한 뱀의 몸통. 상체 전반과 얼굴은 사람의 형태와 유사했다.

붉은 머리카락이 끝도 모르게 이어졌고 입이라 추측되는 부근에서는 가시처럼 촘촘한 이빨들이 그득했다.

쿠웅.

산으로 땅을 짚자 야산 전체가 지진이라도 난 듯 떨렸다.

혼탁한 마기에 물든 물의 신.

불의 신인 축융(祝融)의 반대편, 하늘을 떠받치던 부주산(不周山)을 들이받아 태양과 달과 별조차 움직이도록 만들었다는 수신(水神)의 극이었다.

공공(共工), 수신 공공이 대라마혼진 경계 속에 강림했다.

믿을 수 없는 광경이었다. 공공의 표현 못할 눈빛이 당무환을 훑다가 이내 뒤편, 백성곡과 단기중에게 닿았다.

양문과 정신적 동조가 이루어진 공공이다.

공공의 입가가 움직였다.

인간의 표정으로, 미소와 유사한 움직임이었다.

공공은 웃고 있었다.

이 압도적인 광경에 당무환조차 벌린 입을 다물지 못했다.

"동조를 했으되 이미 나의 생기 절반과 태초의 마기까지 먹고 자란 수신이니, 강신술을 푸는 것은 나조차 불가능하오. 나는 이 마(魔)에 물든 수신을 세상에 풀어 놓을 작정이오. 만약 그것이 싫거든⋯⋯ 봉신멸기를 펼치시오."

4.
혼돈강호(混沌江湖) (1)

마치 산처럼 큰 철퇴가 대번에 찍은 듯 건물들은 박살이 나 있었다.

그 안에 든 사람들은 당연히 멀쩡하지 못했다.

온몸이 박살 난 자, 몸통이 으깨진 자, 사지가 찢어진 자 등등 도무지 멀쩡한 시체를 찾아보기가 힘들었다.

죽음의 지대였다.

밝고 정명했던 기운이 드높았던 한 가문이 초토화된 것은 순식간이었다.

철혈성, 묵룡창기병대가 오백의 인원수로 압도적

인 무력을 발하며 사방천지를 쓸어버린다고는 하나, 소수정예라 하기에는 무리가 있다.

물론 대원 한 명, 한 명이 고수 아닌 자가 없고 특히나 창기병대의 대주는 그들의 스승이라 할 수 있는 구휘에 근접할 만큼 강하다고 하지만, 그들은 누가 뭐라 해도 드넓은 벌판 위, 최강의 기동력을 갖춘 전시부대일 뿐이다.

정명한 기도와 대협의 기상이 물씬 풍기는 이 가문을 박살 낸 사람들의 숫자는 고작 다섯. 다섯에 불과했다.

비록 대문파라 하기에 무리는 있지만, 절강에서도 손가락 안에 꼽히는 무력을 자랑하는 가문 하나가 다섯 명에 의해서 무너졌다.

그곳에 목숨이 붙어 있는 자, 찾아볼 수가 없었다.

수백에 이르는 사람들의 죽음.

그 거대한 죽음의 늪 한가운데에는 장대한 체구의 사내가 자리하고 있었다.

휘황찬란한 적백(赤白)의 갑주.

당금 대명제국에서 사용하는 갑주가 아니라 '고

대' 라는 두 글자를 떠올리게 만들 정도로 고풍스러운 멋이 있는 갑주를 입은 칠 척 장신의 사내였다.

이마 양쪽으로 큰 뿔이 달린 투구를 썼는데 실로 위압감이 넘친다.

한 줄기 바람이 등 뒤로 펄럭이는 청록의 망토를 스치고 지나간다.

손에는 보기만 해도 기가 질릴 만한 크기를 자랑하는 청룡언월도(靑龍偃月刀)가 들렸고 투구 밑으로 드러난 눈빛은 사방을 굽어보는 군림자의 그것과 같았다.

창제 구휘가 전장을 휘어잡는 군신(軍神)의 면모를 갖추었다면 이 사내는 존재 자체가 이미 군왕이었다.

세상 어떤 사람도 이 사내 앞에서는 무릎을 꿇어야 할 것 같은 위엄이 온몸 가득 흐르고 있었다.

철혈성주가 성내에 기거했을 때, 그를 대신하여 대외적인 무력정치를 펼쳤던 자.

철혈성주의 수족이며 철혈성주를 제외한다면 천하 제일을 다투기에 부족함이 없다고 평가 받는 또 다른 절대자.

과거 천하십대고수 중 일익을 담당했었던 무인이며 검제 장만위와 함께 당시 천하제일에 한없이 가까웠다 칭해지는 남자가 이 사람이었다.

도제(刀帝) 섭평(燮平).

철혈성의 부성주(副城主)로도 유명한 사람이었다.

섭평은 흔들림이라곤 전혀 없는 눈으로 사방을 바라보았다.

서호신가는 이미 완전하게 박살이 났다.

살아남은 자가 없진 않지만 그중에서도 대부분이 회생불능의 중상을 입었고 곳곳에서는 불씨가 타오르고 있었다.

"서호신가라…… 정도의 표상으로 이름을 떨치던 곳의 몰락도 비참한 건 다른 곳과 다를 바 없군."

직접 손을 쓴 사람이 할 말은 아니었지만, 뉘라서 섭평 면전에 따질 수 있겠는가.

그는 가만히 자신의 앞에 무릎을 꿇은 남자를 바라보았다.

팔 하나는 어디에 두었는지 찾아볼 수가 없다.

온몸이 피투성이. 오른손에는 기어코 동강이 난 검을 쥐고 있었지만 부들부들 떨리는 것이 쥐기도 힘들어 보였다.

그럼에도 눈을 한껏 치떠 섭평을 노려보고 있었다.

힘을 지닌 무인이었음에도 선행과 분명한 사리판단, 드높은 학식과 부드러움으로 세인의 존경을 받았던 당대 신가의 가주 신일하였다.

섭평의 입가에 보일 듯 말 듯 한 미소가 어렸다.

"과연. 팔 하나가 날아가고 숨이 끊어질 정도의 내상을 입었음에도 나를 똑바로 노려볼 수 있는 강인함이라. 기대 이상이다. 절강의 조그마한 곳에서 돈이나 벌고 있는 작자인 줄 알았거늘, 너 정도의 아이가 있는 곳이었다면 내 직접 온 보람이 있구나."

나이는 비슷해 보였지만 섭평의 말에서는 세월의 흔적이 그대로 엿보였다.

지닌 기(氣)와 깨달음이 너무나도 깊어 육신의 노화가 진행되지 않은 것이다.

신일하는 입술을 깨물었다.

몸 상태는 당장 죽어도 할 말이 없을 정도였지만, 그 와중에 섭평의 몸에서 흐르는 거대한 존재감 때문에 미칠 것만 같았다.

따로 진기를 운용하지 않아도, 마주 보는 순간 몸이 굳고 떨린다.

절대자의 존재감은 그처럼 강렬했다.

"……결국 이렇게 되었구려. 쿨럭!"

"죽이기 아까운 남자다. 하지만 별 수 없지. 성주의 명은 절대적인 것, 시대를 잘못 만났으니 후생이 있어 다시 사람으로 태어난다면 이번 생에서 못 다한 웅지를 마음껏 펼치길 기원하겠다."

"다음 생에 태어난다 하더라도…… 철혈성주와 같이 무도한 작자가 나타난다면, 그 미친 행태를 막기 위해 온몸을 불사를 것을 주저하지 않을 것이오."

"오만불손한 어조구나. 하기야 이제 죽어 구천을 떠돌게 될 남자이니만큼, 무슨 말을 해도 이상하지야 않겠지."

섭평이 청룡언월도를 신일하의 목에 대었다.

소름끼치도록 위압적인 냉기였다. 신병이기라 불리어도 부족함이 없는 병기.

그저 목에 닿기만 했음에도 피부가 베여 피가 줄줄 흘렀다.

"묻겠다. 네 아들과 며느리는 어디로 도망쳤느냐?"

신일하는 아무런 말도 하지 않았다.

그저 눈을 감고 고개를 숙였다.

죽이라는 뜻이었다.

절대자, 섭평의 눈에 약간의 갈등이 어렸다.

나이를 떠나 이런 사람을 죽이기란 참으로 어려운 것이다.

뜻이 다르다 한들 이처럼 정명한 기도를 가진 자는 쉬이 볼 수 없다.

그러나 결국, 죽여야 하는 사실에 변함은 없다.

"별 수 없군. 잘 가라."

청룡언월도가 하늘 높이 솟구쳤다가 땅으로 떨어졌다.

목이 잘리면서도 신일하는 자신의 두 아들과 며느리를 걱정했다.

'은인자중하거라. 함부로 나서서는 안 돼! 이놈들은 괴물이야. 필승의 자신이 있기 전까지는 무조건 몸을 숨긴 채 후일을 도모해야 한다.'

떨어지는 신일하의 목.

그의 눈이 천천히 뜨였다.

환상처럼 스쳐 지나가는 두 아들의 웃는 모습. 그리고 한 가족이 되었던 며느리. 칠왕의 얼굴들.

'아비로서 해 준 것도 없거늘…… 부디 행복해야 한다. 그리고 백 선배님. 꼭 철혈성주의 야망을 저지해 주시길 바랍니다.'

그렇게 절강제일이라고까지 불리었던 정도의 가문, 서호신가는 멸문지화를 당하고야 말았다.

섭평은 가볍게 언월도를 어깨에 댄 채로 뒤를 돌았다.

"그쪽은 정리가 되었던가?"

기척이라고는 조금도 느껴지지 않는 거리.

그러나 순식간에 섭평의 앞으로 다가오는 또 다른 네 명의 남자들이 있었다.

섭평이 부리는 네 명의 수하들.

부성주로서 어떠한 세력도 둘 수 없지만 자신의 호위만큼은 강자로 둘 수 있는 권한이 있다.

똑같은 적색의 전포(戰袍)를 입은 네 명의 중년인들은 하나같이 기골이 장대했는데 각기 등에 사람 키만 한 대도(大刀)를 메고 있었다.

섭평의 수신호위들이자 제자라고도 할 수 있는 적도사왕(赤刀四王)이었다.

"다 처리했습니다만 두 명의 젊은 남녀가 도주하는 것을 쫓지는 못했습니다."

"젊은 두 남녀? 설마 신가의 소가주와 그 내자 되는 이들이 아닌가?"

"검을 맞대 본 결과 아니라고 사료됩니다. 현 신가의 소가주는 무공보다 문에 치중한 자라 하였는데, 내치는 검격(劍擊)의 날카로움과 웅장함이 실로 예사롭지 않았습니다. 그것은 여인도 같았습니다. 얼굴이 비슷한 것으로 보아 남매 같은데, 펼치는 검법의 모양새가 소문으로만 듣던 남궁가(南宮家)의 섬전검(閃電劍)과 천풍검(天風劍) 같았습니다."

"섬전검에 천풍검! 그렇다면 남궁이수, 남궁가에서 배출한 후기지수들일 확률이 높다. 과연…… 예부터 많은 교분을 쌓았다고 들었는데 남궁세가와도 안면이 있었던 것이군."

섭평이 가볍게 서쪽을 바라보았다.

남궁가의 두 남녀가 도주했다는 방향이었다.

"놔두는 게 좋겠지. 더 쫓아 봐야 무의미해. 어차

피 대계(大計)는 시작이 되었다. 만천하가 알 일인데 고작 남궁세가 따위가 알아서 판도를 뒤엎을 수는 없을 것이다."

남궁세가 앞에 고작이라는 단어를 쓸 수 있을 만큼 배포가 큰 사람도 없을 것이다.

그러나 섭평은 아무것도 아니라는 듯 남궁세가를 지방의 군소방파쯤으로 치부해 버렸다.

말도 안 되는 자신감이었다.

"칠왕들의 자금줄, 정보총책이기도 하던 서호신가를 무너트렸으니 설령 대라마혼진에서 풀려난다 하더라도 혼란을 겪게 될 터. 여러모로 걸림돌 없이 진행되는군. 물건은 찾았느냐?"

"예, 여기에 있습니다."

이름도 없이 그저 서로를 순번으로 부르는 이들. 그중 맏이라 할 수 있는 일도(一刀)가 품에서 종이로 감싼 물건을 꺼냈다.

비단으로 곱게 말린 물건. 품에서 꺼내자마자 청량한 향기가 사방으로 뻗어 나간다. 피비린내와 탄내, 파괴의 비릿함마저 모조리 날려 버릴 정도로 고아한 향기였다.

천천히 모습을 드러내는 물건.

바로 명완석이 그토록 찾길 원했던 만년삼왕이었다.

섭평의 입가에 살짝 미소가 그려졌다.

"좋군. 최상의 상태는 아니지만, 이 정도 약력(藥力)이라면 문제가 되지 않겠어. 또 다른 것은?"

이도(二刀)가 꺼낸 것은 하나의 금강저(金剛杵)였다.

금강저 중에서도 독고저(獨孤杵)의 형태로 신묘한 금광(金光)을 발한다.

얼핏 보면 자그마한 단검처럼 생겼지만 심유한 눈으로 바라본다면, 결코 무기로 쓸 만한 것이 아님을 알 수 있었다.

손잡이 부근에 분노한 부동명왕(不動明王)의 얼굴이 새겨졌다.

얼마나 생생한지 당장이라도 눈에서 불길이 쏟아져 나올 것만 같았다.

술가에서는 법보(法寶)라 칭해지는 보물.

그것도 드러난 신기가 신비로울 정도로 짙다. 상품으로 치자면 극상품(極上品)이라 할 수 있을 만한 법보인 것이다.

"오대존명왕(五大尊明王)의 제일신물(第一神物) 금강부동명왕저(金剛不動明王杵)……. 과연 대단하다. 실제로 보니, 상상 이상이야. 이 법보가 서호신가에 보관되어 있었다니, 지금도 믿기가 힘들군."

섭평의 목소리는 만년삼왕을 보았을 때보다 금강저를 보았을 때가 더욱 격정적이었다.

만 년 동안 정기가 쌓여 무림인에겐 최고의 보물이라 할 수 있는 만년삼왕이거늘, 아무런 욕심이 없어 보였다.

"이제 삼청보검(三淸寶劍)과 사신보(四神寶)만 갖춘다면 대계를 마무리 지어도 되겠구나."

섭평은 하늘을 올려다보았다.

처절한 이곳의 광경과 달리 탁 트인 하늘은 구름 한 점이 없었다.

약간의 한기가 느껴지는, 그러나 생명이 약동하는 봄날의 하늘이었다.

"바쁘게 되었다. 다음은 무당산(武當山)이야. 서두르도록 하지."

"예."

"그전에, 뒤따르는 수하들에게 이곳을 한 번 더 뒤져 보라 명해라. 관부에 전서를 보냈으니 조사하려 들지 않을 것이다. 혹시 모를 생존자가 있다면 죽이고 중한 물건이 있다면 챙기라 하여라."

"존명!"

그렇게 섭평과 네 명의 도객들은 그 자리에서 사라졌다.

눈으로 보고도 믿기 힘든 신법(身法), 절대적인 무력을 자랑하는 다섯 고수들의 다음 목적지는 호광 북부.

무당파가 있는 무당산이었다.

*   *   *

철혈성주는 술잔을 기울이다가 이내 멈칫했다.

그는 가볍게 웃음을 지으며 다시 술잔을 내려놓았다.

품위가 그대로 살아난 몸짓은 이전과 변함이 없다.

그러나 묘한 격동이 깃든 듯 술잔 속에 머물던 영

롱한 액체가 부르르 떨리고 있었다.

"드디어……."

얼마 만인가, 이런 고양감은.

"봉신멸기……. 중원 전역에 이르는 모든 술사들이 느낄 정도로 압도적인 봉인력을 느끼게 할 만한 술법이라면, 역시나 봉신멸기뿐이겠지."

그는 정자 위, 천장을 꿰뚫어 보았다.

보일 리가 없는 하늘이건만 그의 눈에는 허허로운 기운만이 가득한 하늘이, 그대로 투영되어 보였다.

"보고 있소? 아니지, 볼 수 없겠지. 이곳에 내가 있는 한은. 하나 느끼고 있을 것이오. 사람의 육신으로 태어나, 운명을 강제적으로 받은 이가 모든 속박에서 자유로워지매, 마침내 당신과 동등한 위치에 서려는 위기감을 당신은 알고 있을 거요."

누구에게도 하는 말이 아니었다.

'하늘'은 '누구'가 될 수 없으니.

"차례로 진행이 되는군. 다소 삐걱거리긴 했지만 도도한 강물이 흐르는 데 조약돌 몇 개가 막을 수는 없는 법이지."

철혈성주의 입가에 오랜만에 진실된 웃음이 걸

렸다.

오롯한 숙적이라 함은 몇 안 된다고 생각했지만, 숙적은 말 그대로 숙적일 뿐.

자신의 손으로 꺾었을 때 비로소 환희를 느낄 것이다.

그러나 지금 세상에서 소멸된 자는 숙적이 아니라 하되 어떤 숙적보다도 치명적인 칼날을 품었던 병기와 다를 바 없었다.

숙적이 아니었으니 도리어 더욱 위험할 수 있었던 자.

그런 가시와 같았던 위험분자가 사라졌음은 그야말로 표현할 수 없는 통쾌함과 시원함이었다.

"수십 마병과 술력 증폭으로 죽어 갈 술사들이라. 하나 그 정도로 왕 중 하나를 완벽하게 잡았다면 결코 밑지는 장사가 아니지."

왕 중 하나.

그 압도적인 존재감 하나를 지우기 위해서 역사에 다시없을 대라마혼진을 펼쳤고, 그로 인해 죽어 갈 술사들과 엄청난 마병들의 소멸조차 가벼이 언급한다.

"잘 가시게. 내 새로운 시대의 신으로 군림해도 그대의 이름 석 자와 두 글자의 별호를 잊지 않을 걸세."

철혈성주의 눈가로 환상처럼 스치며 지나가는 한 남자.

바로 십절신수, 화왕 당무환이었다.

*　　　　*　　　　*

묘한 위기감을 느꼈을 때와 살왕을 구하고 다시 마의 야산으로 돌진하는 진조월.

그사이의 시간은 결코 길지 않았다.

길어야 이각 정도나 되었을까.

진조월은 야산을 향해 달리면서도 점점 가슴이 무거워지는 것을 느꼈다.

분명 대라마혼진이 펼쳐진 이 야산에 세 명의 왕이 있어야 했다.

한데 느껴지는 존재감은 둘뿐이다.

아니, 그 외에 수십에 달하는 기척들이 잡히지만 칠왕종, 그 특유의 기운을 왕성하게 발하는 이는 두

개뿐이었다.

하나의 기척이 완전하게 사라졌다.

생기조차 느껴지지 않는다.

마제신기를 극성으로 끌어 올려 기감을 펼쳐 보아
도 잡히지 않았다.

세 명의 왕들······.

누구 하나 동료를 버리고 갈 성격들이 아니다.

더군다나 이런 마기가 가득한 산일진대.

그렇다면 답은 하나.

'늦었는가?!'

다른 두 개의 기운도 이상하다.

강대한 존재감은 변함이 없었지만 천천히, 아주
천천히 스러지고 있었다.

그것은 또 무엇을 의미하는 것인가?

그는 왼손으로 칠야검의 검갑을 꾹 잡았다.

동시에 오른손으로 검병을 쥔다.

누구든지 앞을 가로막는다면 모조리 베고 지나가
겠다는 의지가 가득 느껴졌다.

침투의 목적이라면 최대한 은신하겠지만 대라마혼
진으로 들어서는데 침투란 의미가 없다. 일단 바깥

에서 술력을 발동시켜 진언을 외는 술사들부터 처리를 해야 할 터.

하지만 철혈성이 천하의 대라마혼진을 펼치는데 술사들을 아무렇게나 방치했을 리가 없다.

그의 생각은 정확했다.

산의 밑바닥, 능선을 따라 가니 한 명의 술사가 한눈에도 범상치 않아 보이는 보검(寶劍)을 땅에 박은 채 식은땀을 흘리며 진언을 외고 있었다.

정확하게는 한때 '마검'이었던 보검이었다.

대라마혼진을 펼치기 위해 보검 속에 깃든 강대한 마기를 모조리 불어넣은 것이다.

그리고 그 술사 주변으로 절정의 검수들이 열 명이나 배치되었다.

한 명의 술사를 지키기 위해 열의 절정검수들을 배치했다.

그렇다면 술사의 숫자가 서른여섯이니 단순히 산술적 계산을 해 봐도 삼백육십여 명의 검수들이 동원되었다는 뜻이다.

어지간한 대문파라도 맞상대가 가능할 만한 전력.

'작정을 했군, 철혈성주.'

진조월의 눈에 한 줄기 서늘한 살기가 담겼다.

이전처럼 폭급하게 날뛰는 살기가 아니었다.

얼음처럼 차갑되 고요하다.

사납게 비산하지 않고 조용히 품어 나가는 살기였
다.

고요하던 그의 기세가 폭발적으로 확장되는 것도
순간이었다.

화아아악!

막아 두었던 둑이 터지는 것과 같았다.

난데없이 해일처럼 밀려오는 무시무시한 압박감에
열 명의 검수들이 깜짝 놀라 이쪽을 돌아보았다.

'늦어, 그 정도 반응으로는.'

대라마혼진 정도의 절진을 술사까지 동원해서 펼
친다는 건, 그만큼 긴밀하고 완벽하게 짜인 술력이
필요하다는 뜻이다.

그 말인즉, 하나의 술사만 제거해도 대라마혼진을
크게 뒤흔들 수 있다는 뜻이기도 하다.

진조월이 탄력적으로 발검(拔劍)을 시행했다.

쩌어엉!

"크아악!"

단 일검.

한 번의 검격이었다.

힘을 주고 검갑에서 발검함과 동시에 절정을 바라보는 검수 한 명의 검과 중단을 한 번에 부숴 버렸다.

마도의 검법도 아니었고 철혈성에서 익힌 기본검술도 아니다. 그저 실전에서 배우고 익혔던 것들을 마제신기의 강인한 힘을 풀어 이치대로 뽑았을 뿐이다.

그럼에도 믿을 수 없는 위력이었다.

검이 깨진 것을 넘어서 사람 하나의 상체를 산산이 부숴 버리는 검격이었다.

꿰뚫는 게 아니라 부쉈다.

마제신기가 검끝에 모이자 무시무시한 패력을 자랑했다.

펼친 진조월조차 놀랄 정도였다.

하지만 놀랄 시간은 없었다.

비록 진조월에게 한참이나 못 미치는 검수들이었지만 그들의 기량은 결코 낮지 않았으니까.

경호성을 내지르며 검을 휘두르는데 경시할 수 없

는 수준의 검법을 조화롭게 펼쳐 가고 있었다.

'검진(劍陣)?!'

검수들이 진법을 펼친다. 그야말로 진법의 향연이
다.

열이 모여서 열을 뛰어넘는 힘을 발휘한다.

진조월의 칠야검이 허공에서 복잡한 움직임을 그
려 냈다.

차르릉!

"검막(劍幕)?!"

한 명의 검수가 기겁을 토해 낸다.

검첨(劍尖)은 뾰족한 만큼 점이라 해도 무방하다.

그러한 검이 얼마나 빠르게 움직이기에 검격의 벽
을 만들어 낸단 말인가.

검으로 펼칠 수 있는 신기(神技)라 할 만하다.

놀라운 와중, 진조월의 칠야검이 번뜩이는 빛을
발했다.

섬광이라 봐도 될 것이다.

먹물처럼 시커먼 검신에서 빛이 뿜어지는 순간 무
차별한 검광(劍光)이 아홉의 검수들 몸을 정확하게
다섯 번씩 가르고 지나갔다.

비명은 없다.

어느새 그들을 통과한 진조월. 그의 뒤로 수를 헤아리기 힘든 육편 조각들이 피를 뿌리며 흩어지고 있었다.

극도의 예기를 품은 쾌검(快劍)이 극한으로 펼쳐진 것이다.

전장에서 얻은 정통파 실전검(實戰劍). 거기에 강렬한 진기를 무서울 정도로 알맞게 섞어 사용하는 진조월이었다.

마치 처음으로 내공심법을 연마한 무인의 심정으로, 처음으로 검을 쥐었던 소년 때의 심정으로 새롭게 펼치는 검법이었다.

마제신기와 더불어 검에 대한 새로운 깨달음을 얻은 이후 처음 겪는 실전이었다.

결과는 만족스러웠지만 문제도 있다.

상상 이상으로 강한 힘의 여파였기에 정교함을 유지할 힘의 조절이 어려웠던 것이다.

새 부대에 담은 술.

어떠한 맛인지 제대로 알기 위해서는 많은 고련이 필요하리라.

술사는 열 명의 검수들이 죽어 나갔음에도 눈을 감고 진언을 외고 있었다.

그만큼 극도의 집중력을 발휘하고 있는 것이다.

진조월은 냉정하게 손을 뻗었다.

참으로 오랜만에 펼쳐지는 장법, 압벽장이었다.

우두둑! 빠가각!

"크아아!"

무지막지한 고통에 술사는 비명을 질렀지만 그것이 그의 목숨을 살리지는 못했다.

온몸이 제멋대로 우그러지는 현상, 술사의 눈에 공포가 어렸다.

결국 한 구의 고깃덩이로 화한 술사는 생을 마쳤다.

술사 한 명까지 처리한 그는 재빨리 땅에 박힌 보검을 뽑았다.

얼마나 고도로 응집된 술력으로 박았는지 마제신기의 강대한 힘을 삼 할이나 끌어 올리고서야 뽑을 수 있었다.

그는 보검을 바라보았다.

마기가 깨끗하게 씻겨 나간 검.

실상 보검이라 하기에는 약간의 문제가 있다.

대단한 장인이 심혈을 기울여 만들었지만 애초에 마기로 제련이 되었던 만큼, 마기가 빠져나가자 압도적이었던 이전의 예기는 다소 줄어들었을 것이다.

그러나 검 자체의 단단함이 놀라운 수준이라 바위가 떨어져도 실금 하나 가지 않을 것이다.

검병(劍柄)에는 자그마한 글씨로 적룡(赤龍)이라고 적혀 있다.

실제 검받이 부분에는 정교하게 만들어진 붉은 용이 입을 쩍 벌리고 있었고, 그 아가리를 통해 크고 장중한 검날이 삐져나온 형태였다.

길이는 칠야검보다 약간 더 길고 검폭 역시 조금 더 넓다. 검이지만 베는 것도 가볍게 행할 수 있을 것 같은 참격(斬擊)의 육중함이 느껴졌다.

'마음에 드는군.'

마기까지 씻겨 나간 검.

칠야검도 칠야검이지만 그냥 버리기에는 너무 아까운 검이었다.

지니기에 부담스러운 신병도 아니고, 마음을 혼란케 하는 절세의 마병도 아니다. 마음에 와 닿는 검이었다.

그는 칠야검을 허리에 차고 적룡검(赤龍劍)을 손에 쥐었다.

처음 잡은 검이지만 묘하게 편안했다. 전장의 기억이 아릿하게 스쳐 지나갔다.

'가자.'

파아악!

다시 한 번 질주를 시작하는 진조월이었다.

무시무시한 속도.

빠름의 영역을 한참이나 초월해 버린 속도였다.

결국 그의 눈에 바로 술사와 검수들이 보였다.

"뭐, 뭐냐?!"

"막아!"

다가오는 존재감과 적의를 바로 읽어 낸다.

역시나 실력이 좋은 검수들이었다.

실력도 실력이지만 감각이 빼어나다. 필시 수많은 실전을 겪은 용장들일 것이다.

진조월이 적룡검을 휘둘렀다.

쩌어엉! 파아아악!

한 번 휘둘러 세 명의 검수들이 쥔 검을 모조리

박살 내 버렸다.

두 번 휘둘러 그들의 목숨까지 가져갔고 세 번 휘둘렀을 때는 이미 아홉 검수들이 땅에 몸을 뉘였다.

압도적인 전력차였다.

찰나지간에 벌어진 일.

서 있는 한 명의 검수는 이 광경에 입을 떡 벌렸다.

진조월의 신형이 일순간 사라지며 검수의 등 뒤에서 나타났다.

푸욱.

"끄르륵."

가슴 한가운데에 삐죽 튀어나온 적룡의 이빨.

마지막 한 명의 검수들까지 해치운 진조월은 여전히 진언을 외고 있는 술사의 목까지 날려 버렸다.

그러곤 땅에 박힌 기다란 창을 뽑아냈다.

이 역시 한때는 지독한 마기를 품은 마병이었을 것이다.

그때였다.

우우우웅.

땅이 지진이라도 난 것처럼 흔들렸다.

대라마혼진이 파훼되기 시작한 것이다.

위험한 듯하지만 더할 나위 없는 기회이기도 하다.

그는 눈을 빛낸 채 창까지 뽑아 들고 달려 나갔다.

저 멀리서 또 하나의 술사가 보인다.

미친 듯이 흘리는 땀, 두 명의 술사가 사라지자 그 틈을 메우기 위해 전신전력을 다하는 모양이다.

입가에서는 내상이라도 입었는지 실핏줄이 흐르고 있었다.

진조월은 허리를 탄력적으로 돌려 손에 쥔 장창을 던져 버렸다.

엄청난 속도로 쏘아지는 장창. 어떠한 화살보다도 빠르고 강맹한 투창(投槍)이었다.

퍼어어억!

"크아아!"

한 번 던진 단단한 장창이 두 명의 검수들을 동시에 꿰뚫었다.

놀란 표정의 다른 검수들이 각기 검을 빼 들어 경계했지만, 이미 극속의 신법으로 그들 전면에 다가간 진조월이었다.

일검, 그리고 다시 한 번 일검.

마제신기의 강렬한 힘을 받은 적룡검은 단박에 여덟 검수들의 몸을 반으로 쪼개 버렸다.

말도 안 되는 힘, 무시무시한 검력이었다.

진조월의 손이 술사의 목을 잡고 그대로 꺾었다.

술사는 비명조차 지르지 못하고 즉사한다.

흔들리기 시작한 야산이 더욱 커다란 굉음을 발했다.

이제는 단순히 흔들리는 걸 넘어서서 모인 마기가 흩어지고 있다.

대라마혼진의 한 축을 담당했던 곳이 부서지고 그틈으로 응축된 마기가 무섭게 빠져나가는 것이다.

"음."

진조월은 가볍게 머리를 휘저었다.

하필이면 빠져나오는 위치가 진조월이 서 있는 쪽이었는데, 흩어진다고는 하지만 일순간 뻗어 나오는 마기의 농도는 경악스러울 정도로 짙었다.

그저 보고 느끼는 것만으로도 현기증이 날 것 같았다.

수준이 낮은 무인들이라면 즉시 기절했거나 아니면 광기에 젖었을 것이다.

'균열이 오고 있군.'

어찌해야 하는가.

이 정도 흔들었으니 그들을 구하기 위해 이대로 진법에 뛰어들어야 하는가, 아니면 재차 술사들을 저승으로 보내야 하는가.

진조월은 망설임 없이 후자를 택했다.

평범한 상황이라면 말할 것도 없이 야산 첨탑으로 질주했겠지만 이곳은 대라마혼진이 둘러쳐진 곳이다.

부서지고 있다 하더라도 진법에 대한 전반적 지식이 부족한 자신이 들어가 봤자 도움은커녕 같이 죽을 가능성도 충분했다.

정확한 판단력이었다.

그는 재차 산 주위를 빙 둘러 술사를 찾아냈다.

이전과 똑같은 전투였다.

술사를 지키기 위해 검수들이 나섰지만 진조월이 휘두르는 흉포한 적룡의 이빨을 막아 내기에는 기량 차이가 너무 컸다.

그렇게 십여 명의 술사들이 영문도 모른 채 저승으로 길을 떠났다.

그야말로 폭풍처럼 휘몰아치는 공격이었다.

서른여섯 명에 달하는 술사들이 고도의 진언과 술법으로 대라마혼진의 파괴력을 더했지만 열 명이 넘는 술사들이 짧은 순간 모조리 황천으로 떠났다.

결국 대라마혼진이 깨질 수밖에 없었다.

"크아악!"

"아아악!"

사방에서 비명 소리가 들린다.

대라마혼진이 깨지면서, 분산시켜야 할 압력을 스물대여섯의 술사들이 감당한 것이다.

그 압력이란 실로 어마어마해서 실력 좋은 그들조차 압력을 이기지 못하고 온몸이 터져 나가 버렸다.

악마의 진법을 펼쳤으니 설령 대라마혼진이 이토록 붕괴되지 않았다 해도 그들의 생기는 타격을 받아 태반이 죽어 나갔을 것이다.

하지만 이렇게 영문도 모른 채 죽진 않았을 것이다.

거대한 술력이 깨지고 구멍이 펑펑 뚫렸다.

실제로 들리지 않았지만 철로 만든 대문이 터져 나가는 듯한 소리가 환청처럼 들려왔다.

거대한 집을 받치는 서른여섯 개의 기둥 중에서 열 개를 박살 내니 자연 한쪽으로 쏠리는 힘의 크기가 엄청나게 육중해질 터, 당연한 수순이었다.

완전한 파진(破陣).

진조월은 가볍게 숨을 몰아쉬었다.

마제신기가 무섭게 달아올랐다.

내상을 치유하는 속도가 빨랐지만 그보다 당장 앞에 도사린 전투를 위해 호승심을 끌어 올리는 것이다.

참으로 신통방통한 진기였다.

'간다.'

한 손에는 적룡검을.

다른 한 손에는 칠야검을 들었다.

마기가 씻겨 나갔다지만 적룡검을 쥐자 당장 싸우고 싶은 투쟁심이 들끓어 올랐고 칠야검을 쥐자 그 가운데 묘한 안정감이 있었다.

목으로 칼이 날아온들 눈 하나 깜짝하지 않을 것 같다.

적색과 흑색의 쌍검을 든 그가 마침내 한 마리 비조가 되어 야산의 정상으로 올라섰다.

신법을 전개하는 순간 빛으로 화한다.

야산이라지만 짧다고 하기 힘든 거리였는데 눈 깜짝할 새에 진조월의 몸은 정상에 다다랐다.

정상에 도달한 진조월이, 눈을 크게 떴다.

익숙한 얼굴의 세 명이 누워 있었고 난생 처음 보는 기괴한 자가 뜯겨 나간 듯 없는 어깨를 잡은 채 피를 토하고 있었다.

그리고 그들의 머리 위, 허공에서는 아지랑이처럼 투명한 구체(球體) 속에 갇힌, 형용 자체가 불가능한 괴수가 있었다.

놀라운 광경.

진조월로서도 처음 보는 기괴한 풍경이었다.

*   *   *

양문은 팔을 움켜쥐었다.

'크으……'

과연, 과연이었다.

당무환은 끝까지 대단했다.

요동치기 시작하는 수신 공공을 달래는 방법은 없다.

이미 풀어졌고 세상을 향해 질주를 시작할 마물에 다름이 아니었다.

한 번의 소환술(召喚術)이었지만 그것으로 끝.

공공의 목숨이 다하기 전까지는 공공 역시 사라질 수 없다.

당무환의 봉신멸기라면 충분히 공공을 봉인할 수 있을 터.

당무환은 마지막까지, 봉신멸기를 펼치는 와중에 한눈을 판 양문에게 공격을 감행했다.

정확히 말하자면, 그것은 공격이 아니라 기지의 발현이었다.

공공을 봉인하려는 당무환, 그는 공공을 넘어 양문까지도 함께 봉인시켜 버리려 한 것이다.

도대체 그것이 어떻게 가능한 건지는 모르겠지만 분명 당무환이 발하는 신비로운 힘에 양문은 급격히 빨려 들어갔다.

마지막, 진원지기의 일부를 사용하여 겨우 몸을

빼지 않았다면 팔 하나가 뜯겨 나가는 것이 아니라 온몸이 흡인력의 구(球) 안으로 들어가 영원한 나락을 헤맸을 터.

'역시나 당무환.'

상상을 아득히 넘어서는 기지였다.

설마 소환물만이 아니라 소환을 행했던 술법사까지 봉인시키려 하다니.

그 드높은 기술과 힘, 용력에 감탄조차 쉬이 나오질 않는다.

그러나 감탄은 감탄.

엄청난 출혈에 정신이 다 혼미해질 지경이었다. 심장에 가까운 왼팔을 뜯기자 출혈이 너무 많았다.

제때에 지혈하지 않았다면 그걸로 사경을 헤맸을 것이다.

하지만 그의 진짜 위험은 아직 스러지지 않았다.

훅, 하고 끼쳐 드는 압도적인 존재감이 엄청난 속도로 그의 뒤를 점한다.

미친 듯한 속도로 올라선 또 다른 절대자 한 명이 있었다.

마(魔)로 시작했으되, 스스로 깨달아 제왕의 힘을

얻어 낸 궁극에 이른 무인이 마침내 이곳에 당도한
것이다.

"……누구냐."

진조월의 눈에 이채가 띄었다.

목이 다 쉬어 버린 것 같은 음성이었다.

그럼에도 놀랄 만한 힘이 느껴진다.

묘하다.

힘은 빠졌으되, 범접하지 못할 신력이 느껴지는
목소리라니.

게다가 이상한 것은 또 있었다.

상체 전반에 기이한 글씨를 문신처럼 박아 넣은
남자에게서 느껴지는 기운은 뭔가가 다르다.

무공을 익혀 고도의 경지를 뚫은 어떠한 사람과도
달랐다.

또 다른 세계에서 사는 자.

진조월이 받은 느낌은 그랬다.

뜯겨 나간 것처럼 거친 상처를 잡고 있는 남자를
노려보았다.

가면을 쓴 것처럼 표정 변화가 없는 사람.

온몸에서 기이한 힘을 발산하는 자.

한데 그 힘이라는 것이 묘하게 친숙하기도 하다.

무공의 영역이 아닌 다른 영역. 하지만 친숙한 기운.

진조월의 눈에 한광이 떠올랐다.

언제부터인가.

따라붙었는지 아닌지조차 몰랐을 커다란 까마귀가 하늘을 뱅뱅 돌더니 이내 진조월의 어깨로 내려앉았다.

영물보다 마물로 불려야 할 오왕.

양문의 눈동자가 약간의 떨림을 보였다.

"오왕? 당대의 오왕? 그렇다면 네가 진조월인가?"

당대의 오왕이 자신임을 알고 있다.

상황 판단은 순간이었다.

쓰러진 세 명의 동료와 그 앞에 선 남자.

비록 중상을 입었다지만 숨길 수 없는 적의와 안타까움이 공존하니 결코 아군은 아니다.

'철혈성.'

철혈성에 이러한 자도 있었던가.

이 친숙한 기운은 철혈성의 공부를 이었기에 느낄

수 있었던가.

더 중요한 것은 자신이 오왕임을 알았다면, 성주 역시 알고 있었다는 뜻이다.

도대체 언제부터?

의문은 잠시 접어 둔다.

지금은 그것이 중요한 게 아니었다.

"네놈의 짓인가?"

"너에게서 느껴지는 이 힘…… 마공도 아니고 광야종의 광야기도 아니야. 뭐지? 처음 느껴보는 힘인데. 실로 강인하군. 천하에서 짝을 찾기 어려운 신비한 기운이야."

서로가 다른 말을 하고 있다.

진조월은 적룡검으로 그를 겨누었다.

더 이상의 대화는 필요하지 않았다.

적의와 적의가 맴돌고 있는 공간, 남는 건 전투밖에 없으니.

양문의 눈이 더욱 세찬 떨림을 보인 것도 그때였다.

"혈인적룡마검(血刃赤龍魔劍)?! 그렇다면 네놈이 대라마혼진을 외부에서 깬 장본인인가!"

적의가 더욱 짙어진다.

진조월의 눈에 이는 한광도 짙어졌다.

그가 쓰러진 세 명의 동료들을 바라보았다.

대라마혼진이 깨져서 그런 것인지, 정신을 잃고는 있지만 백성곡과 단기중은 멀쩡해 보였다.

하지만 당무환.

당무환의 몸에서는 어떠한 생기도 느껴지지 않았다.

심장의 박동도, 영혼의 울림도, 지닌 축융종의 막대한 열기도 모조리 소멸되었다.

말 그대로 죽음의 영역, 돌이킬 수 없는 강을 건넌 상태였다.

진조월의 눈이 다시 양문에게 향했다.

양문은 가슴이 시렸다.

시리도록 차가운 눈빛 속, 천하를 굽어보는 제왕의 힘이 숨어 있었다.

압도적인 눈빛이었다.

마주 보기 힘들 정도로 거센 힘이 새카만 동공 속에 자리 잡고 있다.

"너로군."

차가움만이 가득했던 눈빛과 달리, 목소리에서 느껴지는 분노는 무서우리만치 역동적이었다.

당무환.

다른 왕들도 그렇지만 특히 당무환은 진조월에게 있어서 특히나 깊은 인연이었다.

쓰러진 자신을 일으키기 위해 무진 애를 썼고, 쉴 수 있는 보금자리를 만들어 주었다.

전대 오왕과 함께 지냈던 적도 있었으며, 차갑기만 했던 마음을 달래 주던 사람이기도 했다. 파검의 귀기를 걷어 내 주고 자신에게 많은 조언도 해 주던 조력자였다.

그런 당무환이 죽었다.

다시는 동료를 잃지 않으리라 다짐했는데, 또 한 명이 이렇게 이승을 떠났다.

다른 누구도 아닌 철혈성의 주구(走狗)로 인해.

적룡검의 검첨에서 무서운 살기가 감돌았다.

필살의 의지였다.

무공이니 술법이니, 영역을 나누는 것조차 무의미해질 만큼 무시무시한 거력이 깃든 죽음의 의지였다.

제아무리 음양왕 양문이라지만 한순간이나마 '공포'를 느끼고야 말았다.

"문답무용이라……. 광야종은 모르겠지만 당대 오왕이라 그런지 전대처럼 성격도 급하군."

더 이상 말할 가치가 없다.

궁금증을 풀고 의문을 알아낸 뒤 죽인다? 그런 것도 없다.

지금 진조월의 눈에 양문은 그냥 찢어 죽여도 시원치 않을 적에 불과했다.

터어엉! 쐐애애액!

바닥을 박차고 전면으로 향한다.

빛살의 보법.

비록 마공이 마제신기로 탈바꿈했다지만 신기의 이른 군림마황보법의 역동성까지 사라진 건 아니다.

도리어 마제신기라는 새로운 공능을 만나, 이전과는 한층 다른 면모를 보여 주는 보법이었다.

그저 다가서는 것만으로도 압도적인 위압감 때문에 몸을 굳게 만든다.

양문은 다짜고짜 공격을 감행하는 진조월에게 기겁하여 뒤로 물러섰다.

어느새 그의 남은 한 손이 진조월을 향했는데 손 끝에서 새하얀 빛무리가 터졌다.

"빙뢰(氷雷)!"

차가운 뇌전, 치달리는 속도가 무시무시하다.

그러나 본능적으로 적룡검을 사선으로 올려치는 진조월이었다.

퍼엉!

양문의 눈이 찢어질듯 커졌다.

단 한 번의 검격으로, 허공을 찢고 나아가는 빙뢰 의 일격이 산산조각 났다.

아무리 본신의 힘 태반을 쓸 수 없고 생기마저 고 갈되었으며 짙은 내외상을 입었다지만 천하의 음양 왕인 자신이 발한 술법이, 어디 검격 한 번에 스러질 만한 것이던가.

'힘이⋯⋯?'

적룡의 이빨이 물어뜯고 지나간 자리에는 재차 칠 흑의 섬광이 둘러친다.

쌍검의 이격(二擊)이었다.

검기니 검강이니, 그런 어느 하나의 경지로 설명 할 수 있는 힘이 아니었다.

그저 검과 진기의 만남이었는데 그 힘이 만근의 거력을 담고 있었다.

빛살처럼 법왕봉이 나타나며 거대한 술법의 벽을 만들었지만 칠야검의 힘은 너무 강했다.

퍼어엉!

"크헉!"

창졸간이라지만 술법계에서도 정평이 난 방술을 펼쳤는데 그게 일검에 터져 나갔다.

술법이 무너진 것만으로도 충격이지만 그 여파가 고스란히 육신으로 돌아왔다.

그렇지 않아도 심했던 내상이 한 차례 더 출렁였다.

두 합에 불과했지만 깨닫기에는 충분한 시간이었다.

'이길 수 없다!'

멀쩡한 상태였다면?

그래도 힘든 상대다.

최상의 몸으로 맞상대해도 승패를 장담할 수 없는 절대고수인데 지금처럼 좋지 않은 상황이라면 말 다 했다.

양문은 죽음을 떠올렸다.

진짜 죽겠다, 이러다가는.

두렵기는 하지만 물러서지 않을 생각을 항상 품어 왔었다.

더군다나 생기가 끊어지면 앙신강림요법마체라는 최악의 술법이 발동되고 반경 백여 장이 초토화가 된다.

그 정도면 야산의 지형이 변하고 나아가 지진까지 일으킬 수 있을 정도의 폭발력이었다.

자신을 죽인 자를 저승으로 보내 버리기에 아무런 무리가 없을 만한 힘인 것이다.

하지만 지금 죽어서는 안 된다.

할 일이 남아 있는 까닭이다.

지금 죽게 되면, 귀신이 되어서도 후회하게 될 것이다.

문득 그의 눈이 진조월이 든 또 다른 검에 닿았다.

칠흑과도 같은 흑색의 장검.

화려한 장식이라고는 도통 찾아볼 수 없는 모양새였지만 술법사인 양문의 눈에는, 그 속에 깃든 도도

하고도 날카로운 힘을 느꼈다.

하늘에 이른 날카로움과 바다마저 포용할 듯한 웅혼함.

양문의 눈이 희미하게 떨렸다.

왜 이제야 알았을까.

한순간에 휘몰아치는 검풍(劍風)의 압력이 너무나도 엄청나서 진기에 깃든 이면을 제대로 살피질 못했다.

"……신검현기(神劍眩氣)!"

강호에 산재한 무수한 내공심법들 중 최상위에 이른 심법이라는 건, 둘째였다.,

강호에서 술법을 깰 수 있는 공능이 깃든, 몇 안 되는 진기가 바로 신검현기였다.

천하 이치를 담은 기운에 검신(劍神)의 날카로움을 두른 절대적인 기운이 신검현기다.

철혈성주가 왜 장만위를 철혈성에 섭외했는가.

왜 외손녀가 겪고 있는 병마(病魔)를 다스린다는 명목 하에, 철혈성에 묶어 두었나.

바로 그의 힘을 두려워해서다.

장만위의 신검현기는 설령 그 자신보다 윗길이라

할 수 있는 술법사들의 술법조차 깰 수 있는 파쇄의
힘이 숨겨져 있다.

당무환의 축융종이 봉인, 봉쇄의 힘을 품고 있다
면 신검현기는 파술(破術), 술법 자체를 파괴해 버
린다.

술법과 무공의 대결이라 하면 축융종의 힘이 더
넓고 두텁겠지만 술법사와 무인의 생사대결이라면
신검현기가 훨씬 더 치명적이다.

"너의 그 힘! 설마 검제에게 사사했나?!"

마제신기에는 총 네 가지의 진기가 융합되어 있었
다.

애초에 진조월이 익혔던 천하제일마공 군림마황진
기와 광야종의 광야법공, 그리고 둘을 이어 주는 신
묘함의 절정 신검현기와 세 진기, 그 모두를 포용한
진조월 스스로 자각했었던 또 다른 천기(天氣).

단점은 최대한 버리고 장점을 최대한 살린다.

과감하게 살린 진기가 마제신기였다.

"입 닥쳐라."

진조월의 음성에는 여전히, 맹수의 분노가 함께했
다.

두 개의 검을 쥐고 미친 듯이 달려 나간 그가 무시무시한 속도로 쌍검을 휘둘렀다.

적룡검의 두터운 검신이 무엇이든 부술 듯이 대기를 갈랐고, 칠야검의 장중한 검신이 어둠 속 독사의 혓바닥처럼 바닥을 스치고 나아간다.

양문은 이를 악물며 뒤로 물러섰다.

방법이 없다.

완전히 다르면서도 신검현기가 깃든 저 당대 오왕의 힘은 맞상대할 수가 없는 종류의 것이었다.

자칫 잘못하여 진조월의 진기를 육체에 받아들이게 되면, 그 자체만으로도 죽음에 이를 수 있다.

지금껏 내부에 쌓아 두었던 모든 술력들이 제 스스로 파괴되어 자연으로 돌아갈 것이다.

앙신강림요법마체?

웃기는 소리.

축융종의 봉신멸기는 술법을 봉인한다.

이미 앙신강림요법마체가 터진 직후는 술법이 아니라 말 그대로 기의 파괴력으로 인해 반경 백여 장이 날아가는 것이다. 제아무리 봉신멸기라 해도 소용이 없다.

하지만 저 신검현기가 깃든 묘한 힘이라면.

검으로 몸통 어딘가가 뚫리기만 해도 끝이다.

몸에 새겨진 진언 주문까지 효력을 잃게 되는 것이다.

봉인이 아닌, 파괴이기 때문이다.

'도주!'

도망쳐야 한다.

목숨을 걸어서 이 자리, 앙신강림요법마체를 터트린다면 왕 중 네 명의 목숨을 날려 버릴 수 있지만 안타깝게도 그럴 수 없다.

철혈성주가 온전히 하나의 이치로 화하기 위해서는 최고위 술법사가 총 일곱이 필요한데, 그중 장(長)을 맡은 이가 자신이었다.

즉, 자신이 술법을 걸어 주지 않으면 앞으로 칠 년을 더 기다려야 하며, 재물의 숫자는 십만 팔천이 아니라 백팔만이 될지도 모르는 일이다.

칠 년은 더 기다릴 수도 있지만 아무리 철혈성주라 해도 백팔 만의 생령을 한꺼번에 저승으로 보내는 건 무리다.

거기에 자신만큼 높은 경지를 구축한 술법사까지

한 명 더 구해야 하는데, 그것은 거의 불가능에 가깝다.

즉, 자신은 무조건 이번 대계에서 살아야 하는 것이다.

변하지 않은 양문의 눈에 찰나의 갈등이 새겨졌다.

분노한 진조월이라지만 그는 용케도 상대의 의도를 읽어 냈다.

뒤로 물러서는 발걸음에서, 사방으로 요동치는 묘한 힘에서 그의 의도를 읽어 내는 것은 어렵지 않다.

"감히 어딜!"

탄력적으로 몸을 휘돌리자 어느새 칠야검은 검집 속으로.

한 손에는 적룡검, 한 손은 양문을 향해서 쫙 펴졌다.

순간 양문은 자신의 몸이 물속에라도 빠진 듯한 느낌에 기겁했다.

손 한 번, 발걸음을 한 번 옮기는 것조차 엄청나게 힘들다.

팔다리에 천근의 추를 매달아 놓은 것만 같았다.

사방에서 짓눌러 오는 압력 때문에 움직임이 여의치가 않았다.

내부부터 터질 것 같다. 당장 토악질이 나올 정도였다.

'이건 설마?!'

마제신기로 펼치는 압벽장.

상대를 짓누르고 터트려 버리는 장법.

애초에 타협의 여지조차 없이 그냥 부숴 버리는 게 목적이었지만, 양문이 지닌 힘도 만만치가 않아서 움직임을 봉쇄해 버리는 수준에서 그쳤다.

하지만 그 정도면 충분하다.

여전히 한 손을 양문에게 겨눈 채 빛살처럼 쇄도하는 진조월이었다.

적룡의 난폭함이 마물 혈랑(血狼)의 사나움과 동조하며 나아갔다.

혈랑검결, 압벽장처럼 타협의 여지없이 무조건 상대의 죽음을 위해 달려 나가는 필살의 검도가 펼쳐진 것이다.

촤아아아악!

"끄으윽."

옆구리를 그대로 베고 지나가는 적룡검.

마치 맹수의 이빨에 뜯긴 것처럼 베인 자리가 너덜너덜하다.

거죽만 벤 것이 아니라 내장까지 통째로 베어 버렸다.

양문의 눈에 절망이 떠올랐다.

베이는 순간 상체를 가득 메웠던 진언주문들이 흔들리며 옅어진다.

앙신강림요법마체의 술법이 근본부터 무너지고 있었다.

진조월의 내공이 무서운 속도로 침투하며 그의 술력 하나하나를 모조리 파괴하고 있었다.

찰나와도 같은 시간에 평생을 쌓아 올린 기력이, 자연으로 돌아간다.

압도적인 상실감이었다.

단박에 목숨이 끊어졌다면 모를까, 그동안 일구어 놓았던 노력의 결정체가 스러지는 걸 눈으로 보자 절로 다리가 풀렸다.

그러나 진조월의 검은 거기서 멈추지 않았다.

"죽어라."

대지를 배회하고 승천했던 용이 재차 땅으로 곤두 박질 쳤다.

적룡검, 두터운 검날이 그대로 양문의 머리로 떨 어졌다.

스각.

정확하게 반으로 동강이 난다.

좌우, 양쪽으로 나뉜 양문이 쓰러졌다.

비명조차 지를 수 없는 완벽한 죽음이었다.

반으로 쪼개진 그의 시신에서 눈에 보일 정도로 압축된 묘한 기운들이 아지랑이처럼 하늘로 올라갔 다.

칠왕 중 한 명으로서 만월지란 당시 압도적인 전 과를 세웠던 음양왕, 천하 술법의 대가가 생을 마감 하는 순간이었다.

출렁.

양문이 죽자 허공 높은 곳에서 꿈틀대던 형용불가 의 괴물이 꿈틀댔다.

거대한 구체에 갇힌 괴물이 움직이자 지진이 난 것 같은 느낌이었다.

양문과 동조했던 수신 공공.

동조가 한순간 풀리며, 공공을 봉인하며 압박하고 있던 당무환의 봉신멸기가 빈틈을 발견하고 미친 듯이 봉쇄의 기운을 뿜어 댔다.

거대한 구체가 점점 작아지고 있었다.

공기가 습해졌다.

무시무시한 압력으로 쪼그라든 구체는 빠르게 점보다도 작아지더니 이내 완전히 사라졌다.

봉신멸기의 완성이었다.

당무환이 자신의 영혼을 바쳐 펼친 봉인술이, 천하대란을 몰고 갈 뻔한 마물을 완전하게 봉인했다.

진조월은 인세에 다시없을 광경을 보는 것보다 당무환의 몸을 살피는 것에 주력했다.

피부가 푸르게 변했다.

가슴은 움직이지 않고, 체내의 기는 한 점도 느끼지 않는다.

삼도천을 건넌 자, 죽음의 영역에 다가선 시체만이 뿜을 수 있는 사기(死氣)가 짙었다.

역시나, 당무환은 죽은 것이다.

진조월의 눈에 슬픔이라는 감정이 깃들었다.

또 하나의 동료가 이승을 떴다.

정황은 알 수 없지만 필시 숭고한 죽음이었으리라.

천하 만민을 생각하며 죽음으로의 길을 걸었을 것이다.

'편히 쉬시오.'

적룡검을 쥔 그의 손에 힘줄이 돋았다.

그렇게 일세의 거성, 십절신수 화왕 당무환은 영원히 돌아올 수 없는 길을 걷고야 말았다.

향년 오십오 세.

평생을 협의(俠義)의 깃발을 두르고 살아온 대협의 죽음이었다.

5.
혼돈강호(混沌江湖) (2)

얼마나 지났을까.

조용히 가부좌를 틀었던 임가연이 눈을 떴다.

투명한 그녀의 눈이 일순간 섬광을 발한다.

살수의 제왕이라는 그녀답지 않게 만천하를 굽어
볼 듯한 강렬한 기운이 뿜어진다.

그러나 그것도 잠시, 잠잠하게 가라앉은 눈빛처럼
그녀의 몸에서 흐르던 강렬한 기세도 거짓말처럼 스
러졌다.

그녀는 떨리는 눈으로 눈앞의 주머니를 바라보았
다.

'태청단……'

끝까지 남겨 두려 했었다.

칠왕을 탐탁지 않게 생각하고 있다지만 헌천도장이 준 태청단 세 알은 가히 무가지보라는 말이 부족하지 않은 보물들이다.

그런 보물을 다른 이들과 상의조차 하지 않은 채 하나를 복용했다는 게 괜스레 죄스럽다.

그러나 어쩔 수 없었다.

듣지 않으려 해도 지닌바 능력이 너무나 뛰어나 산에서 이는 격동을 알 수 있었다.

거대한 마기가 요동치고 뭔가가 부서진다.

그야말로 경천동지의 광경이 벌어지고 있을 것이다.

마음이 급했다.

진조월을 믿었지만, 불안함은 어쩔 수 없다.

손 하나라도 거들어야 할 상황인 것이다.

속편하게 동굴에 앉아 상처만 치료하고 있을 것이 아니다.

그렇게 태청단을 복용하고 운기를 행한 그녀였다.

그녀의 천사종 역시 천하에서 짝을 찾기 힘든 공부 중 하나.

비록 전부 다 녹여 내지는 못했지만 응축된 약력을 내공으로 화하지 않고 치상에만 집중하니, 믿을 수 없는 속도로 활기가 돋는다.

활발하게 살아나는 치유의 힘은 치명상에 준하는 상처를 모조리 씻어 낸다.

기사(奇事)라 할 만했다.

아무리 진조월의 마제신기로 급한 불을 껐다지만 그 정도의 상처, 쉽게 치료가 될 리 없다.

그러나 거대한 약력을 지닌 태청단을 내력으로 쌓아 두지 않고 상처를 회복하는 데에 집중하니 상처가 난 지 한 시진도 지나지 않아 지녔던 힘의 칠 할을 복구해 냈다.

흘린 피의 양이 워낙 많아서 아직 안색은 창백했지만 충분히 움직일 수 있을 만한 상황이었다.

그녀는 벌떡 일어나 동굴을 나섰다.

순식간에 신법을 전개해 야산으로 돌아온다.

야산은 이전의 모습과 달랐다.

가히 마왕(魔王)이 강림한 것처럼 거대한 마기로

가득했던 곳이 이전의 평온함을 찾았다.

비록 뭔가가 뒤틀리고 지진이 난 것처럼 땅이 초토화가 되었지만 이전보다 훨씬 안정적인 모습이었다.

사방에서 피비린내가 난다.

죽은 이들도 많고 움직이는 자들도 많다.

천사기의 예민한 감각이 주변을 장악했다.

'이백여 명 이상……. 고수들이 많아. 하지만 감당할 수 없을 정도는 아니야.'

그녀는 야산에 정신을 집중했다.

저 높은 곳, 마기가 씻겨 나가니 보다 더 정명하게 느껴지는 기도가 있었다.

한 번 보면 절대로 잊을 수 있는 기운, 바로 진조월의 위엄 어린 기운이었다.

그의 기를 느끼자마자 그녀의 신형이 번개처럼 날아올랐다.

나무 끝과 끝을 박차고 나아가는 신형.

비록 태청단의 약력을 치유로만 사용했다지만 천지만물의 기가 극도로 응축되었던 만큼 끊임없이 새로운 기가 솟구쳤다.

한결 편하게 정상에 다다른 그녀였다.

밖에서 야산을 봤을 때도 천재지변의 기색이 역력했지만 정상은 또 달랐다.

여기저기 타고 움푹 파인 땅. 차갑게 얼었던 땅이 녹아 흐물흐물하고 그 위로 정체를 알 수 없는 재들이 가득 쌓였다.

괴력난신들이 집단으로 다툰 후 사라진 것 같았다.

그리고 그 한가운데에 진조월이 있었다.

빠르게 그의 곁으로 다가간 그녀의 신형이 덜컥, 멈추었다.

진조월의 전면, 곱게 누운 한 명의 남자가 시리도록 밝게 보였다.

일평생 철과 불을 다루었던 대장장이의 고집이 그대로 서린 얼굴.

생기는 없지만, 정도와 협도를 추구하며 살아왔던 진정한 무인의 기상이 느껴졌다.

당무환.

임가연의 투명한 눈이 크게 일렁였다.

무수한 죽음을 봐 왔던 그녀.

지금 당무환의 생사를 가늠하지 못할 까닭이 없다.

그녀는 진조월은 쳐다도 보지 않은 채 당무환의 곁에 다가갔다.

믿고 싶지 않았지만 분명했다.

생기가 느껴지지 않았다.

그녀의 고개가 천천히 밑으로 떨어졌다.

몇 방울 눈물이 당무환의 얼굴로 똑똑 떨어졌다.

"당 선배님……."

동료의 죽음에 더 슬프고 말고가 있을 리 없지만, 특히나 당무환의 죽음은 충격적이다.

언제나 그 자리에, 보이지 않는 방벽처럼 든든하게 있어 줄 것만 같았던 그가 죽은 것이다.

진조월은 가만히 그 모습을 바라보다가 땅에 적룡검을 박았다. 그러고는 백성곡과 단기중에게 다가갔다.

여전히 둘은 정신을 못 차리고 있었다.

마기의 침습을 술법의 형태로 받았으니 당연하다.

하지만 원체 몸에 품은 기가 거대해서 빠르게 회

복하고 있는 게 보인다.

어지간한 고수라도 열흘은 걸리겠으나 둘은 곧 깨어나게 될 것이다.

당무환의 죽음은 죽음이다. 당장 해야 할 일이 있었다.

그의 눈에 차가운 광채가 재차 어리기 시작했다.

그가 임가연에게 물었다.

"당신과 싸웠던 고수가 아직 산 밑에 있는 것 같소. 그를 잡아야겠어. 내가 그를 잡을 동안, 세 분을 지켜 주시오."

두 분이 아니라 세 분이다.

당무환, 시신이라도 거두어야 했다.

임가연 역시 깊은 슬픔에 낙담했지만 이룩한 경지가 뛰어나서인지 금세 마음을 다스렸다.

"알겠어요. 하지만 조심하세요. 그는 강해요. 다른 누구도 아닌 창제 구휘니까."

창제 구휘.

천하 정점에 이른 무력이라 할 만했다.

그렇지만 지금의 진조월이라면 충분히 상대가 가능하다.

하물며 임가연에게 한 방 먹어서 내상까지 입고 있는 상황이 아니던가.

"다녀오겠소."

진조월이 산을 박차고 내려갔다.

임가연은 조용히 이를 악물고 일어섰다.

친인의 죽음에 슬퍼할 겨를이 없다. 이제는 이곳을 그녀가 지켜야 했다.

동료가 죽어도, 전진할 수밖에 없는 운명.

그녀의 몸에서 진한 슬픔이 흘러나왔다.

*   *   *

환신공공비의 무시무시한 속도로 내달리는 진조월이었다.

상대를 찾기에는 아무런 문제가 없었다.

여기저기 움직이고 있었지만 원체 이룩한 경지가 높아 엄청난 존재감을 뿜어내고 있었다.

임가연에게 당한 상세가 있어 조금은 불안한 기도를 뿜어내고 있지만 그 자체만으로도 가공한 기파였다.

진조월의 몸에서 이는 기파도 커져만 갔다.

거기서 기다려라, 내가 널 잡으러 가겠다.

그런 의도가 다분한 기파였다.

마제신기가 극성으로 달아오르고 있었다.

구휘도 진조월이 내뿜는 기파를 느꼈는지 신형을 덜컥 멈추었다.

빠르게 만난 두 사람이었다.

구휘의 안색은 창백했다.

임가연의 투골음풍장, 비록 마주쳐 깨부수는 패력은 없었지만, 침투하여 내부를 모조리 상하게 하는 괴악한 힘이 있었으니 아무리 무신의 영역에 있는 구휘라도 상처를 제대로 치유하지 못했던 것이다.

진조월이 구휘의 전면에 섰다.

구휘의 눈이 진조월을 바라본다. 순간 그의 동공이 확장되었다.

"삼공자?!"

"원로원주."

모를 리가 없는 관계였다.

구휘의 호안(虎眼)에 당혹성이 깃든다.

삼공자였던 진조월이 오왕의 진전을 이었다는 것은 알고 있었다.

폐관 이후 세상에 나설 때 이미 철혈성주에게 많은 이야기를 들었던 그니까.

실상 오왕이라고 해 봤자 칠 년 전 만월지란에 참여하지도 않았으니 구휘에게 있어서 칠왕의 존재들은 까마득한 후학(後學)일 뿐.

한데 마주 선 진조월의 이 기도.

군신이라고까지 불리던 자신의 힘에 비교해 조금의 모자람도 없었다. 오히려 뭉클, 넘보기까지 한다.

경악에 가까운 표정으로 진조월을 바라보는 구휘와는 다르게 진조월의 눈동자는 스산하게 가라앉았다.

장 호법, 검제 장만위와 함께 이전 세대 천하제일을 다투었던 무인이 구휘였다.

그러나 진조월은 그를 대하면서도 한 점의 친근감을 느끼지 못했다.

본래 검제와의 사이가 좋지 않았던 구휘였기 때문이 아니다.

철혈성주의 명을 받고 이곳에 온 자.

그것만으로도 적의를 내보이기 충분했으며, 자신의 동료를 상하게 했으니 이미 대적 그 자체였다.

구휘의 눈 역시 빠르게 가라앉았다.

"적의를 넘어선 살의라⋯⋯. 그래, 어차피 전투는 벌어진 것이지. 사연이 많고 증명하고 싶은바 많다지만 이런 상황에 이야기꽃을 피우는 것만큼 우스운 일도 없을 터."

신병이기 묵룡창이 진조월을 향했다.

무섭도록 확장되는 군신의 기파.

"덤벼라."

비록 지금은 적으로 돌아섰지만 그 화끈함만큼은 인정하지 않을 수가 없었다.

진조월 역시 적룡검을 들어 구휘에게 겨누었다.

빠르게 전개되는 상황이었다.

대라마혼진이 무너지고, 양문이 죽어 나갔으며 다시 구휘와의 일전을 벌인다.

진조월의 행보는 벼락처럼 빠르고 강렬했다.

극점으로 집중해도 모자란 이 상황에서.

진조월은 비로소 깨달았다.

'마무리를 지어야 할 때다.'

불현듯 찾아온 깨달음이었다.

끝내야 할 때가 왔다. 철혈성주, 그리고 자신의 사슬을.

왜 이런 생각을 한 것인지 알 수는 없지만 그냥 그리 느껴졌다.

운명, 숙명, 천명, 무슨 말이라도 좋았다.

그는 자신의 목숨을 바쳐 걸었던 이 길이 막바지에 다다랐음을 느꼈다.

그 시작이 눈앞에 있다.

구휘, 창제의 칭호를 이어받은 남자.

후와아아악!

바람이 찢어지는 비명을 지른다.

무거운 갑주를 입었음에도 탄력적으로 다가오는 몸놀림이나 휘두르는 묵룡창의 속도가 무시무시하게 빠르다.

정작 덤비라 했음에도 틈이 보이자 공격이 쇄도한다.

시커먼 용이 아가리를 벌리고 다가왔다.

일격만 허용해도 죽는다.

묵룡창 자체만으로도 위협적이었지만, 그보다 더 위협적인 것은 구휘의 살기와 투기였다.

진조월의 적룡검이 반원을 그렸다.

쩌어어어엉!

심상치 않은 일에 주변으로 다가왔던 검수들 몇몇이 귀를 부여잡고 쓰러졌다.

보검과 신창의 부딪침, 터져 나오는 충격파와 소음이 한도를 넘어섰다.

단 한 번의 부딪침으로 절정검수들의 고막은 퍽 터졌다.

범상치 않은 기도에 놀라긴 했지만 구휘는 자신의 창과 마주한 진조월의 검에 또 한 번 놀랄 수밖에 없었다.

정말로 이 젊은 남자가, 어릴 때 보았던 꼬마가 자신의 창을 무리 없이 막은 것이다.

'대단하군.'

더 대단한 일은 직후 일어났다.

묵창을 휘돌아 쳐 낸 후 곧바로 뱀처럼 타고 올라가는 일격이 있었다.

갑주의 틈, 드러난 목을 노렸다.

부드러움의 무공, 빠름의 무공이었다.

마치 무당파의 태극검(太極劍)과 쾌검의 정점이라는 점창의 사일검(射日劍)이 섞인 것만 같았다.

구휘의 몸이 뒤로 꺾이며 창봉의 중간을 잡고 역으로 휘둘렀다.

창날이 아니라 창봉으로 후려치는 일격이었다.

하지만 구휘 정도의 고수가 휘두르는 창봉이다.

창날로 맞으면 살이 뚫리지만 창봉으로 맞으면 내공으로 막아도 살이 터지고 뼈가 부러진다.

너무 깊숙이 들어갔다.

막을 수 없을 것 같았다.

그러나 진조월에게는 또 하나의 검이 있었다.

그의 왼손이 허리춤을 훑고 지나가 칠야검을 역수(逆手)로 쥐었다.

따아앙!

칠야검의 검신에 창봉이 막히고 적룡검의 혓바닥은 구휘의 목덜미를 한 차례 훑고 지나갔다.

구휘는 놀라서 뒤로 물러섰다.

"칠야검?! 왜 검제의 독문병기가?"

대답할 의무가 없다.

진조월은 그대로 적룡검을 쏘아 냈다.

꿈틀거리며 나아가는 적룡. 속도가 무시무시하다.

마제신기를 머금었을 뿐인데 날아가는 속도는 빛살에 준할 만하다. 구휘가 다급하게 몸을 틀었지만 그곳에 이미 진조월이 있었다.

양손으로 칠야검을 잡고 종횡으로 삼십육검(三十六劍)을 휘두른다.

찰나간에 휘둘러진 검광은 쾌검의 극치였다.

구휘의 묵룡창도 거칠게 허공을 휘저었다.

파직! 콰르릉!

검과 창이 부딪칠 때마다 땅에 균열이 갔다.

해소되지 못한 경력의 여파가 눈에 보이는 모든 지형지물을 박살 내고 있었다.

무신들의 격전이었다.

당혹스러운 감정을 품은 구휘였지만, 접어 두는 것도 순간이었다. 당장의 전투에 집중하는 것, 호쾌하게 창을 휘둘러 왔다.

찌르릉! 타앙!

진조월의 검은 강검(强劍)이자 쾌검(快劍)이었다.

직선 일변도의 무공이었고 허점을 찾아 쏘아지는 화살이었다.

필요에 따라서는 뱀이 움직이듯, 음습한 부드러움까지 품었다.

전장을 배회하며 익힌 실전검의 극의가 그대로 묻어 나왔다.

반면 구휘의 창술은 정통 무공의 정점을 달리고 있었다.

휘두르고 지르는 행동 하나하나가 정종무공의 극치였다.

평범해 보이는 동작에는 깊이가 보이지 않는 깨달음이 가득했다.

과연 창제라 할 만했다.

검제, 도제와 함께 천하제일을 노렸던 절대고수의 풍모가 한 가득.

하지만.

'장 호법님보다 아래.'

자신에게 호적수라 할 수 있지만 분명 깨달음에서 장만위보다 처진다.

진조월의 머리에 장만위의 검이 떠올랐다.

바람을 닮은 듯, 용의 신묘함을 닮은 듯 거침없이 나아가는 검.

한없는 자유로움이 있었다.

그의 검 앞에서는 금성철벽도 의미가 없었고 자연재해조차 작은 소란에 불과했다.

그러한 검제의 검.

천하제일검의 검이 진조월의 머리를 가득 지배했다.

동시에 그의 칠야검의 움직임도 바뀌기 시작했다.

공기를 가르며 나아가는 검식.

바람을 일으키는 용이었다.

바람이 뭉쳐 용의 형상을 드러내는 검식이었다.

자유의 끝이 검끝에 머물렀다.

구휘가 경악한다.

"풍룡식?!"

검제의 독문무공.

비록 검제가 직접 펼치는 것처럼 웅혼하고 자연스러운 맛은 부족했지만 독특한 박자가 있으면서도 강유(剛柔)의 조화로움이 놀라우리만치 판박이다.

진조월은 인지하지 못했다.

이치에 맞게 휘두르는 검이 장만위의 검과 비슷하게 변한다.

같은 자유지만 품고 나아가는 길이 달랐다.

그는 자신이 지금껏 사용했던 검법을 떠올렸다.

마도오대검공.

혈랑검결과 낙뢰삼검. 환수검식(幻獸劍式)과 진마구검형(眞魔九劍形).

그리고 절대마검식이라 불리었던 혈예수라검.

하나하나가 강호 최정상에 이른 검법들이었다.

비록 마도의 검법이라지만 초식의 투로가 가진 탄탄함은 어떠한 정종무공 못지않다.

거기에 장만위의 풍룡식까지.

이를 테면 진조월은 정종 최고의 검과 마도 최고의 검들을 두루 겪었다고 할 수 있었다.

'마제신기가 나왔다. 검이라고 다를 바 없어.'

장만위의 신검현기가 받쳐 주었다지만 스스로의 깨달음이 없었다면 마제신기도 없었다.

신공을 창안했는데 신공에 걸맞은 검법을 만들어 내지 못할 리가 없었다.

진조월의 눈에 섬광이 어렸다.

지나치게 빠른 무공의 성장.

하지만 그처럼 깨달음의 영역이 뚫려 있다면, 깨달음의 문이 닫히기 전에 질주할 수 있다면, 되돌아보며 조립할 상황이 있다면 무공이란 언제든지 뻗어나갈 수 있는 법.

극한의 이른 생사의 대결.

일격만 허용해도 목숨이 날아갈 만한 급박한 상황이라지만 동시에 무공을 되짚고 깨달음을 높여 가기에 더할 나위 없이 적합한 상황이기도 하다.

진조월의 검이 무섭도록 정교해졌다.

검의 형(形)은 아직 어지러웠지만 기의 발현과 수급이 절묘하다.

쓸데없이 폭발했던 검압(劍壓)은 사라지고 파괴력의 중심만을 파고든다.

구휘의 눈가가 떨렸다.

살기는 그대로지만 진조월의 눈에 보이는 광채.

믿기 어려운 기사가 벌어지고 있었다.

자신과 겨루면서, 군신에 창제라는 칭호까지 받은 자신과 겨루면서 무공을 빠른 속도로 만들어 내고 있다.

그것도 그냥저냥 쓸 수 있을 법한 검법이 아니라 같은 수준의 무도를 찾기가 불가능해 보일 정도로 압도적인 검법이 만들어지고 있었다.

의도하건 의도치 않았건 구휘에게는 자존심이 상하는 상황이었다.

'이놈!'

구휘의 창이 크게 흔들렸다.

폭발에 가까운 힘이었다.

진조월의 신형이 덜컥 뒤로 물러났다.

동시에 묵룡창에서 햇빛조차 빨아들일 것 같은 흑색 섬광이 피어올랐다.

분노 때문인지, 십 년 폐관의 성과를 알아보고 싶은 것인지.

마침내 전장의 신이라 불리었던 그의 진산절기가 나왔다.

창제 구휘의 독문무공.

제왕의 칭호를 만들어 주었던 절대적인 무도 만천구겁창(滿天九劫槍)이었다.

움푹 파여 부서졌던 돌가루들이 가루가 되어 사방

으로 휘몰아쳤다.

혀가 돌아갈 정도로 압도적인 힘이었다.

허공 가득, 아홉 줄기의 거대한 기운들이 전면을 가득 메웠다.

패력의 무공이었다.

아직 완성되지 않은 검. 그대로 맞이했다가는 죽을 가능성이 다분했다.

진조월의 기지가 빛을 발했다.

칠야검이 아홉 줄기의 화포와 같은 힘들을 하나하나 흘려 낸다.

꿈틀대며 움직이는 독룡(毒龍)의 움직임이었다.

번개처럼 빠르게 움직이면서도 부드러움이 극에 달했다.

콰쾅! 쾅!

휘어지고 뒤틀린 창력이 진조월의 뒤편으로 무시무시한 폭음을 일으켰다. 땅바닥이 꺼지고 두터운 나무가 박살 난다.

진조월은 울컥 목울대를 치는 피를 재차 삼켰다.

유능제강(柔能制剛), 파괴력의 정점에 있는 구휘의 만천구겹창을 받아 냈지만 내력을 진탕시킬 정도로 힘이 거세어 내상을 입은 것이다.

'이겨 낸다!'

내상 따위에 신경 쓸 상황이 아니었다.

만천구겹창, 한 번이 끝이 아니다.

한 번 기공에 아홉 줄기 거력을 담는데, 그것이 다시 총 아홉 번이다.

구휘도 일단 펼치기 시작하면 멈출 수 없는 무공이었다.

창으로 빨려 들어가는 진기의 힘은 노도와 같아서 전신공력을 전부 쏟아붓는다.

그 안에 상대가 죽으면 다행이지만 죽지 않는다면 기력이 쇠해 반대로 자신이 죽는 무공.

그가 가진 무공은 그의 삶과도 같았다.

극단적인 무공이었다.

상대가 죽지 않으면 내가 죽는다. 치열한 전장의 법도가 생생하게 깃든 무공이었다.

또한 극단적인 만큼, 위력 역시 형용할 수 없을 정도로 깊었다.

임가연의 일장으로 내상을 있었는데도 이 정도 위력이니, 멀쩡한 상태에서 펼친 만천구겹창의 힘은 얼마나 클지 상상도 되지 않았다.

두 번, 세 번을 거쳐 네 번째의 아홉 거력이 뿜어졌다.

진조월은 절묘한 검술로 포탄과도 같은 힘을 모조리 튕겨 내고 있었지만, 점점 내부가 진탕됨을 느꼈다. 내상이 쌓이고, 그 위로 다시 겹친다.

'이대로 가다가는⋯⋯.'

다 받아 낼 수는 있을 것 같다.

하지만 다 받아 내면 자신도 죽는다. 그야말로 양패구상인 것이다.

틈을 찾아야 한다.

천하의 창제 구휘를 상대로 양패구상이라면 그보다 더 대단한 전과를 찾기 어렵지만 진조월에게 구휘는 넘어야 할 산, 그 이상도 이하도 아니었다.

반드시 이겨야만 했다.

그의 몸이 군림마황보법의 형태를 따라 구휘에게 다가섰지만, 만천구겁창의 힘은 보법의 맥까지 끊어 가며 다가오고 있었다.

진정 자연재해에 가까운 힘이었다.

태풍처럼 몰아치는 힘 앞에서 모든 것이 쓸려 가

고 있었다.

그저 강하게 몰아치는 게 아니라, 그 속에서는 상대의 맥점까지 끊어 가는 정교한 진기의 운용까지 존재한다.

그때 진조월의 눈이 번쩍였다.

그의 시선이 구휘의 등 뒤에 꽂힌 적룡검에 닿았다.

'할 수 있을까?'

시도를 해 본 적이 없었다.

막연하게 가능할 것 같았지만 실패하면 그걸로 끝이다.

이 결투가, 그의 목숨이 한 수에 달린 것이다.

하지만 여지는 없었다.

찰나를 쪼갠 시간, 수백 가지 생각이 떠올랐지만 어느 것도 현재 상황을 타파하지 못한다.

그렇다면 결국 자신 역시, 구휘처럼 성공과 실패가 삶과 죽음이 되는 극단적인 수를 쓸 수밖에.

진조월은 칠야검을 쥔 손에 힘을 뺐다. 어깨는 물론 몸에도 힘을 풀었다.

장만위의 말이 떠올랐다.

"네가 지금 바르게 쥐려 하는 술(術)이 곧 법(法)이고, 훗날에는 도(道)가 될 것이다. 지금은 모르겠지만 온전히 만검(萬劍)을 쥘 수 있다면 천하 검인(劍人)들이 네 발 아래에 있을 것이다."

이치에 맞게 검을 쥔다.

적당한 힘으로 칠야검을 쥐고 긴장한 근육을 푼다. 한순간 검에 집중하니 검에 무게가 새롭게 다가왔다.

이전 장만위 앞에서 펼쳤던 검처럼, 첫걸음이지만 나름의 이치가 담기고 있었다.

후우웅!

다섯 번째로 다가오는 아홉 거력이 한결 부드럽게 뒤로 넘어갔다. 하지만 진조월의 코와 입에서도 피가 터졌다.

그렇게 여섯 번째 만천구겁창이 펼쳐지려 할 때.

'지금!'

구휘의 등 뒤에 꽂힌 적룡검이 들썩였다.

파아악!

들리지 않는 소리였다.

하지만 분명 그런 소리가 난 것 같았다.

적룡이 꿈틀대며 빠져나와 둥실 허공을 날았다.

붉은 광채를 머금은 용의 이빨이었다.

전면에 집중했던 구휘, 바늘처럼 날카로운 살기가 후면에서 느껴지자 기겁했다.

진조월에 못지않은 고수 한 명이 암습을 하는 듯했다.

만천구접창을 들일 수도 없고, 피할 수도 없다.

구휘의 얼굴에 암담함에 떠올랐다.

퍼어억!

통렬하게 꽂히는 일격.

"커허억……."

심장을 비켜 갔지만 치명상이라는 건 변함이 없다.

적룡검이 그의 갑주를 박살 내며 등판을 꿰뚫고 배로 튀어나왔다.

허공 높은 곳에서 사선으로 꽂힌 일격이었다.

융통무애, 끊임없이 거력을 선사한 기가 툭 끊어졌다.

혈맥의 절반이 끊어졌는데 흐르는 기라고 멀쩡할
리가 없다.

진조월의 앞을 가득 메웠던 만천구겁창의 거력이
씻은 듯 사라지고야 말았다.

경천동지한 일전이 마침내 종전의 외침을 알린 것
이다.

"허억…… 허억."

진조월 역시 짙은 내상을 입은 듯 거칠게 숨을 몰
아쉬었다.

머리가 끊어질 듯 아프고 마제신기가 거칠게 날뛰
었지만 그의 얼굴에는 묘한 만족감이 자리 잡고 있
었다.

적룡검으로 펼친 이기어검(以氣御劍).

천하에 검을 쥔 무인들 중, 오로지 검제 장만위만
이 뚫었던 어검술의 경지를 직접 시행한 것이다.

무리하게 사용해서 내상이 더 짙어졌지만 분명 성
공했다.

구휘의 무릎이 기어이 땅에 닿고야 말았다.

절대자의 패배.

이전 시대는 물론 당대에서도 천하에서 열 손가락

안에 든다는 무의 신이 까마득한 신진에게 패배를
당하는 순간이었다.

한 움큼의 피를 왈칵 토한 진조월은 무덤덤한 얼
굴로 구휘에게 다가왔다.

구휘는 거의 정신을 차리지 못하고 있었다.

상세 자체가 치명상이기도 했지만 그의 내부를 무
서운 속도로 휘젓고 다니는 마제신기 때문이었다.

주인의 의지에 따라, 품은 마음에 따라 상대를 치
유하기도 하고 파멸시키기도 하는 극상승의 내공심
법이었다.

마제신기의 무시무시한 경력은 그의 혈맥을 끊어
냄과 동시에 내장까지 터트리려 하고 있었다.

"이…… 내가……."

시퍼렇게 죽은 얼굴 위로 불신의 빛이 역력했다.

가능했다면 제압하여 끌고 올라가려 했지만 그러
기엔 구휘의 무공이 너무 강했다.

그의 앞에서 포박의 의미가 없었다.

진조월은 칠야검을 착검한 후 입을 열었다.

당장 눕고 싶었지만 모든 고통과 피로를 뒤로한
다.

"잘 가시오."

그 말밖에 할 수 없었다.

그나마 어릴 때의 안면 때문인지 쓰러진 구휘의 모습이 그렇게까지 좋진 않았다.

구휘의 눈이 진조월에 닿았다.

불신은 불신이지만 한 줄기 감탄과 의아함을 담는다.

비록 철혈성주의 명으로 이곳까지 와서 살왕에게 치명상을 안겨 준 사람이지만 천생 무인이라는 생각이 든다.

"너의 힘…… 검제에게 받았나?"

"도움을 받았소."

"강하군, 실로 강해."

구휘가 자조적인 미소를 지었다.

"평생 그를 넘기 위해 창을 휘둘렀는데, 그의 가르침을 받은 이에게 목숨을 잃다니. 짧았지만 호쾌한 결투를 벌였으니 그걸로 만족해야 하는 것인가……."

몸속 가득 내달리는 마제신기.

억지로 막으려 했던 사슬을 풀어 버린 구휘였다.

그의 몸에서 생기가 천천히 빠져나갔다.

"누구에게도 가르침을 주지 않는 사람이었으니 네가 그의 적전제자나 다름이 없겠군. 묻겠다. 나의 창은 어떠했나?"

죽는 와중에 그런 것이 중요할까.

중요하다.

구휘에게는.

일평생 무도에 입각하여 살아온 천생 무인에게는 죽기 직전까지도 무의 깨달음을 향해 나아가는 의지만이 가득했다.

진조월이 살짝 멈칫했지만 이내 입을 열었다.

"형용할 길이 없었소."

그 말이 끝이었다.

하지만 구휘의 얼굴에 미소를 만들어 주기에 충분한 대답이었다.

구휘의 고개가 밑으로 툭 꺾였다.

그렇게 전대 천하십대고수 중 일인이자 전장의 지배자로 통했던 군신, 창제 구휘가 생을 마감했다.

너무나도 많은 사람이 죽는 날이었다. 그리고 많은 거성(巨星)들이 떨어지는 날이었다.

진조월은 하늘을 올려다보았다.

새벽이 지난 아침. 어두컴컴한 하늘.

그의 눈에 습기가 어렸다.

스스로도 이해 못할 진한 슬픔이 가슴을 한가득 채웠다.

과거의 인연, 그리고 현재의 인연.

죽고 죽기를 반복한다. 자신의 손으로, 혹은 서로의 검으로.

마지막이 왔음을 깨달았지만 그 마지막까지 버틸 수 있을지 자신이 없어졌다.

'철혈성주…… 당신만 죽으면 모든 게 끝난다.'

구휘의 몸에서 적룡검을 빼고 천천히 몸을 돌리는 진조월.

암울한 바람이 그의 어깨를 스치고 지나갔다.

*　　　　*　　　　*

남궁소소는 거칠게 헐떡이며 의복을 찢어 팔을 묶었다.

얕지 않은 도상(刀傷)이었다.

순간의 기지로 어떻게든 피해 냈지만 조금 더 깊었다면 팔 하나가 날아갔을 정도로 위력적인 도법이었다.

그녀는 전신을 관통하는 통증을 무시하고 내기를 돌렸다.

다행히 진기는 유장하게 흐르고 있었다.

내상과 외상이 있었지만 심각한 수준은 아니다.

정작 심각한 건 따로 있었다.

'오라버니.'

어디론가 사라진 남궁호.

자신을 구하기 위해 붉은 옷의 고수들을 따돌렸던 든든한 오라비가 걱정이 된다.

몸통만 한 대도를 쥔 고수들은 실로 무서웠다.

강소란도 도법의 고수라 하지만, 그녀와는 차원이 다른 힘을 발휘했다.

애초에 도주조차 용납이 되지 않는 상황이었지만 어떻게든 이곳까지 왔다.

그녀가 선 곳은 이름 모를 산 중턱이었다.

최대한 흔적을 지우고 무리해서까지 달려왔으니 휴식을 취해도 무리는 없을 것이다.

막상 안전하다고 생각이 들자 온갖 생각이 다 들었다.

오라비는 무사한지, 또 서호신가는 멀쩡한지.

'아마……'

그녀는 입술을 깨물었다.

붉은 옷의 고수들도 상상을 초월한 무력을 가진 고수들이었지만 특히나 휘황찬란한 갑옷을 입은 채, 청룡언월도를 휘두르는 고수는 비교 자체가 불가능한 절대자였다.

멀리서 보았음에도 몸이 굳어 움직이질 않았다.

기파를 집중한 것도 아니고 살기를 일으킨 것도 아니다.

그저 존재감 하나만으로도 주변 사람들의 움직임을 통제시켜 버렸다.

이른바 절대고수였다.

인간이 아니었다.

초인이라는 수식어조차 마땅치가 않았다. 그런 사람이 한 명만 있어도 문파 하나가 사라지는 것은 순간일 터다.

그녀는 비로소 진짜 고수가 가지는 힘에 대해 깨

달을 수 있었다.

그리고 실전의 흉험함 역시.

실전처럼 싸우는 게 아니라 진짜 실전이었다.

그것도 상상을 초월하는 고수들과의 싸움이었다.

아무것도 할 수 없었다.

맞서 싸우는 게 아니라 사람들을 피신시키고 활로를 트는 데에 전심전력을 다했다.

만약 그와 같은 고수들과 정면에서 붙었다면 어찌 되었을까?

세 합이라도 버텼을까? 아니다.

한 합으로 끝났을 것이다.

그냥 다른 세상에 있는 사람들이었다.

'숙부님은 어디에 계실까.'

갑작스럽게 사라진 당무환.

그가 데리고 온 진조월이라는 사내도 없어졌다.

분명 뭔가 보이지 않는 곳에서 일이 벌어지고 있다.

비록 강호 경험은 일천했지만 그녀는 자신할 수 있었다.

세상의 공기가 뒤틀리는 느낌.

긴장의 공기가 가득했다. 평온하게 살아왔던 이제까지와는 뭔가가 달랐다.

어쨌든 중요한 것은 현재.

당장 무엇을 해야 하는가였다.

가문으로 돌아가는 것?

가장 나은 길이다.

쉬지 않고 달려가서 서호신가에 있던 일을 알려야 했다.

그와 같은 정도의 가문.

도울 수 있다면 무슨 수를 써서라도 도와야만 했다.

하지만 그녀는 금세 고개를 저었다.

그 고수들에게 쫓기느라 시간을 많이 지체했다.

그렇다면 이미 서호신가에 불순한 무리들이 쳐들어왔다는 정보가 빠르게 번져 나갔을 것이다.

그녀가 가문에 도달하기도 전에 남궁가에서는 사건을 파악하기 위해 사방으로 알아보고 있을 것이다.

그래도 가문으로 돌아갈까?

안전하다면 그게 제일 안전할 수 있다.

그러나 남궁소소는 불현듯 치솟는 자존심을 느꼈다.

언제까지 가문에 얽매여 안전한 삶을 살아갈 것인가.

무인 집안, 손에 검을 잡은 이상 그녀도 한 명의 무사가 아니던가.

거친 강호를 헤쳐 나갈 수 있어야 했다.

'그렇다면 어떻게……?'

남궁소소의 눈이 번쩍 빛을 발한다.

'정보! 정보가 필요해!'

옳은 판단이다.

이대로 가문에 돌아가지 않을 것이라면, 남궁호의 안전을 확인하기 위해서라면, 더불어 강호를 살아가기 위해서라면 정보는 필수 요소였다.

절강에서 가장 정보로 유명한 집단.

'기화문(奇花門). 기화문을 찾아야 해.'

여인들로 구성된 정보 집단.

최근 들어 정보제일이라는 개방의 아성을 넘어서는 곳이었으며 특히나 강남 일대의 정보에서는 개방조차 따라올 수 없다고 했다.

그녀의 신형이 쾌속하게 움직였다.

생각을 하고, 행동에 망설임이 없다.

비록 한 번의 난리를 겪었지만 그 한 번의 난리가 그녀를 성숙한 무인의 길로 인도하고 있었다.

남궁소소의 발이 재차 절강 항주 쪽으로 향했다.

                    *   *   *

장만위가 가볍게 하늘을 올려다보았다.

어두컴컴한 하늘이다.

대낮임에도 불구하고 어둡기 짝이 없다.

구름이 많은 것도 아닌데 묘하게 어두운 하늘이었다.

"이건 또 뭔가."

늙수레한 그의 눈가가 꿈틀거렸다.

한순간의 깨달음이라고는 하지만 그 깨달음의 깊이가 실로 높다.

이미 그 정도의 경지에 오른 사람이라면 인간의 도를 넘어 하늘의 도, 천기(天機)마저 읽는 것이 불가능하지 않을 터.

오로지 가슴 한편에 검 하나만 품고 살아온 세월이었다.

그로 인해 절대적인 무력을 가지게 되었으나 정작 세상을 관망하는 법은 배우지 못했다.

진조월을 만나고, 함께 깨달았던 지난날.

읽히지 않았던 흐름이 자연스레 머리로 들어오고 있었다.

흔히들 이야기하는 천기였다.

세상이 변하는 흐름, 역동적으로 변모하는 하늘의 이치가 그의 눈에 한 아름 잡혔다.

"하루에도 수많은 생과 사가 반복하는 세계이거늘, 오늘은 유난히 빛나는 별들이 떨어지는구나. 자칫 신의 이름을 빌은 괴수가 날뛸 뻔한 날이로고. 허, 참으로 난삽한 하루로다."

결과만을 보는 천기가 아니라 과정까지 되짚어 가는 눈이었다.

이미 인간의 영역을 한참이나 넘어서는 능력.

그의 눈이 쓰러진 두 명의 남녀를 향했다.

헐떡이는 모양세가 숫제 죽기 일보직전이다.

다친 곳은 없지만 극한에 이른 수련으로 손가락

하나 까딱하기 힘들어 보인다.

장만위의 눈에 흡족함이 어렸다.

신의건과 문아령은 그저 심성만 좋은 재목들이 아니었다.

지닌바 무력 역시 또래에서 찾아보기 힘든 수준이요, 그러한 수준에 걸맞은 인내심까지 갖고 있었다.

어지간한 고수들조차 미쳤냐는 소리가 나올 법한 수련들.

아무리 단기간이라 해도 훌륭하게 소화하고 있었다.

한평생 누군가를 가르쳐 본 적이 없던 장만위였다.

지금에 이르러 비로소 그는 재능 좋은 젊은이를 가르치는 스승의 마음을 깨달을 수 있었다.

실로 기꺼웠다.

그러나 정작 그의 입에서 나온 말은 기분과는 달리 묵직하고 고요했다.

"일어나라. 고작 그 정도에 지쳐서야 어찌 강함을 입에 담을 수 있겠느냐. 너희들보다 높은 곳에 앉은 자들은, 모두가 이러한 과정을 수도 없이 거친 괴물들이다. 누워 있을 때가 아니란 말이다."

신의건과 문아령의 몸이 꿈틀거렸다.

둘은 기어이 후들거리는 무릎을 잡고 일어났지만 말 한마디하기 어려운 듯 거친 숨만 허덕인다.

장만위의 눈에 다시 흡족함이 어렸다.

이미 내공은 찾아볼 수도 없고 육신의 힘도 다 떨어진 둘이다.

울면서 포기해도 모자라지 않거늘 두 사람의 눈에 떠오른 열기는 산을 통째로 태울 듯했다.

"나쁘지는 않군. 비록 삼 일이지만 기초는 이만하면 충분하다. 나머지는 차차, 스스로의 단련으로 메워 갈 수 있을 것이다. 자, 다음으로……."

그때였다.

장만위가 다시 하늘을 올려다보았다.

엄하면서도 인자했던 그의 눈이 신광을 발한다.

한순간 달라진 눈빛.

심경의 변화가 오자 주변으로 순간 훅 하고 뻗어 나가는 기파가 강렬하다.

바닥에 쌓인 나뭇가지의 잔재들이 사방으로 퍼져

나갔다.

　신의건과 문아령의 몸이 덜컥 멈추었다.

　기세의 발현만으로도 육체의 자유로움이 억압당한
다.

　마치 하늘이 그대로 무너져 떨어진 듯, 압도적인
육중함을 자랑하고 있었다.

　장만위의 고개가 천천히 내려오기까지, 마치 억겁
의 시간이 지난 후 같다.

　"바쁘게 되었다. 약속한 바가 있으니 더 보기야
하겠지만 시간을 단축해야겠어. 열흘을 생각했다.
하나 그리 되면 늦을 터, 이틀 안에 너희의 영역을
억지로라도 끌어 올려야겠다."

　인간 장만위에서 무신(武神) 검제(劍帝)로 변모한
남자.

　신검의 광영만이 가득했던 그의 눈에 복잡한 심경
이 깃들었다.

＊　　　＊　　　＊

　"이게……?!"

강소란은 손에 쥔 직도를 꾹 쥐었다.

그야말로 목불인견의 참상이 따로 없었다.

서호신가, 드높은 정대함과 협의로 세상에 명성을 떨치던 가문이었다.

행함에 있어 한 점 부끄러움이 없고, 약자를 배려하며 강자 앞에 당당했던, 무력으로 최고라 할 순 없었지만 광명정대함만큼은 대륙에서도 손에 꼽히던 무가였다.

그런 무가에 흐르는 피.

고풍스럽던 건각들은 마치 화포라도 맞은 양 모조리 박살이 나 버리고 단단했던 담은 무너져 흉험함을 보여 주었다.

아직 날이 차 부패가 진행되지는 않았지만 죽은 지가 한참이나 된 수많은 시신들이 잔인함을 더했다.

무인들만 죽은 것이 아니었다.

무공을 모르는 범부들조차 죽었다.

밥을 해 주던 아낙도, 뛰어놀던 어린아이도 모두 죽었다.

말 그대로 몰살을 당한 것이다.

강소란의 몸 주변으로 스산한 기세가 퍼져 나갔
다.

분노와 슬픔, 놀라움이 섞인 기파였다.

도대체 어떤 무도한 자들이 있어 이런 광경을 만
들어 냈단 말인가.

이건 정도를 넘어선 것이었다.

설령 강호 세력 간의 전투였다 해도 이리 멸문지
화를 당하는 경우란 무척이나 드물었다.

거의 없다고 해도 과언이 아니다.

그녀는 천천히 걸음을 옮겼다.

검을 뽑은 채 쓰러진 수많은 무인들.

무공을 모르는 범부들의 눈에 흐른 것은 공포와
경악이었지만 무인들의 눈에 남은 잔존 감정은 안타
까움과 슬픔이다.

강소란의 눈에 기어코 한 방울의 눈물이 떨어졌
다.

그들은 죽어 가면서 무엇이 그리도 슬펐는가.

바로 식솔들의 죽음이다.

감당하지 못할 무언가에 대한 공포가 아니라 식
솔들을 챙기지 못한 자책과 슬픔을 안은 채 죽은 것

이다.

그녀의 몸에서 이는 기세가 점점 더 강렬해졌다.

당무환이 주고 간 전륜종의 비급.

완전히 익힌 것은 아니었다.

이토록 단시간에 전륜종을 대성한다는 것은 천재라 해도 무리다.

그러나 당무환이 주었던 한 알의 신단(神丹)으로 기반을 닦았고, 감각적인 시선으로 전륜종을 정식으로 밟아 나갔다.

무에 심취해 서호신가 지하, 연공실에서 제법 많은 시간을 보냈다.

조금이라도 빨리 올라왔다면.

그랬다면 한 명의 사람이라도 더 살릴 수 있었을 텐데.

그때였다.

"생존자가 있다!"

"이곳이야!"

완연한 적의를 품고 다가서는 이들이 있었다.

아무런 장식도 없는 흑색의 무복을 입은 이들이었다.

각기 허리춤에는 한 자루의 도를 차고 있었는데 삼엄한 기세를 보아하니 각고의 연련을 거친 고수들 같았다.

강소란의 눈이 몰려오는 이십여 명의 사내들을 훑었다.

모두 복면을 써서 어떤 얼굴인지는 모르겠지만 적어도 한 명, 한 명이 중견고수라 할 만했다.

"뭐하는 계집이냐?! 신가 소속이었던가?"

강소란은 아무런 말도 하지 않았다. 그저 고요하게 그들을 바라볼 뿐이었다.

"아무런 말도 하지 않는군. 침묵이 곧 긍정이나 다름이 없을 것이다. 여인을 함부로 죽이는 성격은 아니지만…… 별 수 없겠지."

스르릉.

각기 허리춤에서 칼을 뽑는다.

말이야 여인을 함부로 죽이지 않는다 하지만, 몸에서 이는 살기로 볼 때 이런 일을 한두 번 해 본 작자들이 아닌 듯했다.

더 중요한 것은.

"너희들, 신가에게 칼을 겨누었던 작자들이냐?"

선두에 선 도객이 피식 웃었다.

"그것이 그리도 궁금한가? 어차피 죽게 될 텐데."

긍정을 하진 않았지만 긍정이나 다름이 없는 대답이었다.

강소란의 손이 직도의 도병을 잡았다.

"좋아. 궁금함은 나중에 풀기로 하겠어. 살아남은 한 명에게 묻기로 하겠다."

시린 도광(刀光)이 사위를 휩쓸었다.

드러나는 직도. 강소란의 몸에서 폭풍 같은 기세가 뿜어졌다.

이전 남궁 남매와 겨루었던 그녀가 아니었다.

믿을 수 없게도, 짧은 순간 그녀는 과거의 그때보다 몇 배나 강해진 무공을 지닌 채 세상에 나온 것이다.

도에서 흐르는 것은 치명적인 살기와 투쟁심이다.

도객들이 사이에 동요가 일었다.

이 정도로 스산한 살기와 예기, 일찍이 본 적이 드물었던 기세였다.

이런 압도적인 기파를 이제 스물 중반이나 되어 보이는 여인에게서 느껴 보리라고는 상상도 해 보지 못한 그들이었다.

"죽어서 이들을 다시 만나게 될지 모르겠지만, 만약 만나게 된다면 백배 사죄하기를 빌겠다."

휘몰아치는 전륜기(轉輪氣)가 온몸을 가득 휘돌고 손에 잡힌 직도에서는 광풍이 불어닥쳤다.

전왕의 후계자.

봉황상도 강소란의 칼이 무차별적인 학살의 기운을 담은 채 전방을 뒤덮었다.

*   *   *

"전서가 날아왔습니다."

"무슨 내용인데?"

"삼공자님이…… 아무래도 위험한 듯합니다."

"어디라시든?"

"성 근처랍니다."

"멀리도 있군. 지금 출발하면 얼마나 걸리겠나."

"족히 열흘은 걸릴 겁니다."

"바쁘게 되었다. 이 정도면 대충 구색은 갖춘 셈이니 정리하고 바로 이동해야겠어."

"벽력시(霹靂矢), 챙길까요?"

"전부 챙겨. 벽력시는 물론 독살시(毒殺矢), 폭천시(爆天矢), 마궁시(魔弓矢)까지 챙겨라."

"마궁시까지요?"

"어떻게 될지 모르는 일전이다. 드러난 결과 자칫 잘못하면 성과 일전을 벌일 수도 있어. 쏟아부을 수 있는 모든 전력을 챙겨야 한다."

"알겠습니다."

"한 시진 뒤에 쾌속선(快速船)이 있는 곳으로 전원 집합한다. 공자님과 공녀님에게도 일러라."

"존명!"

*   *   *

"이로써 돌이킬 수 없는 강을 건넜군."

가볍게 한숨을 몰아쉬는 모용광이었다.

인간의 한계를 넘어서서 거의 절대자라 불리어도 손색이 없을 무력을 쌓은 그.

하지만 혼란스러운 마음은 어쩔 수가 없는 모양이다.

"죽는 것은 두렵지 않지만……."

처음 스승의 배반을 알았을 때의 그 배신감.

얼마나 지독했던가.

구밀복검(口蜜腹劍)이라. 패륜을 한 스승을 넘어서기 위해서라면 그와 같은 행동을 거리낌 없이 해도 모자랄 지경인데, 그마저도 쉽지가 않다.

막상 스승의 얼굴을 보면 왜 그랬냐며 따질 것 같아 얼굴조차 보지 않았던 세월이 얼마인가.

이제는 그럴 필요도 없다.

끝을 낼 시기가 다가온 것이다.

담사운이 세상에 나섰을 적, 천하 각지에 연을 맺은 정보기관들과의 협력으로 성내에 거하면서도 천하가 돌아가는 정세를 꿰찰 수 있었다.

또한, 비밀리에 철혈성과 대적하려는 이들과 연수까지 맺었다.

기실 그 자체만으로도 이미 돌이킬 수 없는 강을 건넌 것과 같았다.

모용광의 맞은편에 앉은 담사운은 가만히 찻잔을

잡았다.

따뜻한 온기가 느껴지는 차.

그러나 그의 눈동자는 시리기만 했다.

"성주가 철혈성에서 나설 때, 혹은 월이가 동료들을 데리고 성에 도달했을 때 움직여야 합니다. 아직까지는 자중해야 합니다."

성주.

스승이 아니라 성주라 칭한다.

담사운의 마음이 예전에 돌아섰음을 보여 주는 대목이었다.

"어찌 되었든 끝이 다가오고 있네."

"그렇습니다."

"이 싸움의 끝은 어떻게 마무리가 될까."

"적어도 어느 한쪽이 세상에서 사라져야 끝날 싸움이 되겠지요."

살벌한 말이지만 정답이기도 하다.

모든 전쟁이 그러하지만, 특히나 이번 전쟁은 중간이 없는 싸움이었다.

각기 모든 것을 거는 싸움이 될 것이다.

성주든, 자신들이든.

생명과 명분, 욕망까지 담긴 격렬한 감정의 총화
였다.

"참으로 감당하기 힘들군."

"성주의 세력이 확장되어 가고 있습니다. 어떻
게 구워삶았는지 알 수 없지만 그리 사이가 좋지
않았던 원로원과도 연수했고, 정예부대는 전부 성
주의 말을 따른다고 보면 됩니다. 게다가 그쪽은
고수 층이 두텁습니다. 쉽게 상대하기 어려울 겁
니다."

"우리 전력도 만만치는 않지."

"물론 그렇습니다. 남은 칠왕 중 네 명에 월이,
등천용궁대, 호법원에 반(反) 철혈성 연합까지 치
면 크게 뒤지는 전력이 아닙니다. 게다가 전면으로
나서진 않지만 구파 역시 지원을 하고 있으니까
요."

"그렇지."

"하지만 대사형. 그래도 힘들 겁니다. 묘수를 내
야 할 시점이 오고 있습니다."

"묘수?"

"우리는 비선각에서 어떤 일이 벌어지고 있는지조

차 알지 못합니다."

모용광의 얼굴이 굳어졌다.

비선각.

철혈성에서도 가장 비밀스러운 장소.

비밀병기가 만들어진다는 소문도 있고 괴물이 만들어진다는 소문도 있다.

하지만 직접 그곳으로 들어갈 권한이 있는 사람은 성주와 몇몇 간부들뿐이다.

차기 성주로 꼽히는 모용광조차 출입이 금지된 지역이 비선각이었다.

몰래 들어갈 생각도 해 본 적이 있었다.

그러나 그건 불가능했다.

비선각 주변, 천하십대진법(天下十大陣法)으로 꼽히는 절진들이 무려 다섯 겹으로 둘러쳐진 것이다.

그 정도라면 모용광뿐이 아니라 설사 천하제일의 무력을 자랑하는 성주조차 파훼법을 모르면 정면으로 들어갈 수 없을 것이다.

"모르면 당할 수밖에 없습니다. 어떤 변수가 발생할지 알 수가 없기 때문입니다. 돌아가는 상황을 볼

때 비선각은 성주의 또 다른 힘임이 분명합니다. 비
선각에서 무슨 일이 벌어지고 있는지, 그것부터 아
는 게 우선입니다."

틀린 말은 아니었다.

"하나…… 방법이 없잖은가?"

"있습니다."

"뭐라?"

담사운의 얼굴에 미소가 드리워졌다.

"비선각의 문지기를 몰래 섭외해 두었습니다. 섭
외라기보다는 섭혼(攝魂)이겠지요."

모용광의 눈에 기광이 어렸다.

"섭혼? 설마 환요사신(幻妖邪神)이?"

"예, 이제는 분장하는 일만이 남았지요."

"아무리 그래도 위험하네. 그곳에는 또 어떤 고
수들이 포진해 있는지 알 수가 없어. 비밀리에 만
들어진 곳이니만큼 성주라 해도 경계를 철저히 할
텐데."

"그래서 시기를 잘 타야 합니다. 걸려도 무력으로
빠져나올 수 있을 만큼의 시기. 철혈성의 외성과 내
성에서 동시에 터질 시기에 비선각으로 침투해야만

합니다."

"그렇다면……."

"예, 그렇습니다. 대사형이 들어가셔야 합니다. 걸리면 무력으로 충분히 뚫고 나올 수 있을 만한 고수가 들어가야 하니까요. 저는 내부의 폭탄을 터트려야겠지요."

"그렇게까지 할 필요가 있겠는가? 전력이 분산되는 효과가 날 걸세. 거사를 도모한다면, 차라리 비선각의 존재를 내버려 둔 채로 일격(一擊)에 모든 것을 걸어야 함이 나을 텐데."

"대사형의 말도 일리가 있습니다. 하지만 이토록 성주가 숨겨 두었다면 분명 모종의 한 수가 있다는 뜻입니다. 자칫 잘못하다가는 모인 병력이 단박에 위기를 겪을 가능성도 충분하지요. 그럴 바에야 한쪽에서 버티고, 한쪽에서 변수가 될 수 있는 비지(秘地)를 캐는 것이 나을 것입니다."

모용광의 눈에 모종의 결심이 맴돌았다.

"만약, 그 안에 감당 못할 무언가가 있다면 어찌한단 말인가?"

"그러지 않길 바라야겠지만, 만약 그렇다면……."

담사운의 입에서 가볍게 한숨이 나왔다.

"무조건 철혈성에서 빠져나가야 합니다. 도주해서 훗날을 기약하는 수밖에 없겠지요."

6.
혼돈강호(混沌江湖) (3)

백성곡은 망연자실한 표정을 지었다.

단기중이라고 다를 건 없었다.

절대적인 무력으로 철혈성의 전력 삼 할을 무너뜨렸던 전설을 만든 그들.

하나 그들이라고 어찌 인간이 마땅히 가져야 할 감정들이 없을 것인가.

동료인 당무환의 죽음은 그들에게 있어서 엄청난 충격이었다.

더군다나 자신들이 대라마혼진에 홀렸을 때, 그때 당무환이 죽었다니.

충격은 더 있었다.

더할 나위 없이 반듯하게 양쪽으로 갈린 시체가 있었다.

온몸에 새겨진 진언주문은 씻은 듯이 사라진 시체.

참혹한 죽음을 맞이한 남자였다.

"양문?!"

당무환이 죽었고 죽었다고 알려진 음양왕 양문의 시체가 느닷없이 나타났다.

이게 무엇을 의미하는 것인가?

진조월은 간단하게 설명했다.

"이놈이 흉수인 것 같소. 대라마혼진의 중추를 이루고 있었던 것 같은데 화왕을 죽인 것도 이놈의 짓이었소."

그는 실제로 음양왕을 본 적이 없으니 이놈저놈할 수 있다지만, 백성곡과 단기중의 놀라움은 그야말로 엄청났다.

죽었다고 생각한, 실제로 죽음을 눈앞에서 본 과거의 전우가 적이 되어 나타났다는 뜻인데, 이게 어디 쉽게 받아들일 수 있는 성질의 것이던가.

그나마 임가연의 놀라움은 그다지 크지 않았다.

이미 양문의 손으로 당무환이 죽었다는 걸 인식한 후부터, 돌아온 옛 전우임은 알았지만 동정은 가지 않았던 것이다.

당무환의 존재란 그처럼 넓고 컸다.

"음양왕…… 도대체가……."

단기중은 침통한 표정을 지울 수 없었다.

아무것도 못하고, 마기에 홀려 버렸다.

그 와중에 벌어진 전투가 얼마나 흉험했을 것인가.

믿을 수 없지만 양문이 적으로 돌아서 당무환과 일대의 격전을 벌였다면, 그것도 대라마혼진 속에서의 일전이었다면 경천동지의 대결이라 할 만했을 것이다.

백성곡과 단기중의 눈에 환상처럼 아로새겨지는 당무환의 모습.

둘을 지키기 위해 악전고투하며 불길을 쏟아붓는 화왕의 분노가 눈에 선했다.

기어이 단기중의 눈에 자책의 눈물이 어리고 백성곡은 하늘만 올려다보았다.

이렇게, 또 한 명의 전우가 죽었다.

칠 년 만에 세상에 나와 철혈성주의 얼굴조차 보지 못했거늘 한 명의 전우가 세상을 뜬 것이다.

진조월은 가볍게 손을 휘저었다.

펑!

균열이 간 땅바닥. 거대한 구덩이가 만들어졌다.

장정 서너 명은 충분히 들어가고도 남을 만한 깊이에, 너비였다.

조심스럽게 당무환을 눕힌다. 묘를 만드는 것이다.

"모든 싸움이 끝난 후, 시신을 옮기겠소. 지금은 이곳에 묘를 세울 수밖에 없겠소."

생각보다 담담한 어조였다.

그러나 백성곡도, 단기중도, 임가연도 느꼈다.

자신들의 슬픔 못지않게 진조월의 슬픔 역시 크다는 것을.

당무환의 존재는 언제나처럼 모두에게 컸던 것이다.

슬픔은 잠시.

눈물은 훗날 흘려도 늦지 않다.

백성곡은 다소 창백한 얼굴로 고개를 저었다.

"어깨에 짊어질 것은 짊어지고 나아갈 때는 나아가야겠지. 철혈성이 코앞이야. 전진해야겠다."

그렇다.

이 미친 싸움을 하루 빨리 끝내는 것이야말로 중요했다.

살아남은 네 명의 왕. 그들의 눈가에 철혈성주에 대한 살의와 적의, 그리고 모종의 결의가 가득 메워졌다.

"가세. 살아남은 자들이 있다면 철혈성으로 귀환하여 이곳 상황을 빠짐없이 알리려 할 것이네. 그들을 따라잡고, 성주를 쳐야 해."

"따로 작전은 없는 겁니까."

"작전이라."

백성곡의 입가에 미소가 드리워졌다.

"마무리가 눈앞에 있네. 작전 따위, 있을 리 없지 않은가. 그저 밀어붙일 수밖에."

말은 그리 했지만 분명 묘수가 있다고 단기중은 생각했다.

그들을 이끄는 칠왕수좌, 백성곡의 힘은 비단 무

공에서 끝이 아니었다.

하늘 저 멀리로 네 마리의 천리신응이 날아갔다.

각기 절강, 주산군도, 소림(少林), 화산(華山)으로 발길을 돌리는 새들. 마침내, 격전이 눈앞에 있었다.

"일단 철혈성의 꽁무니부터 잘라 내도록 하지."

*   *   *

양의의 눈가가 서릿발처럼 굳어졌다.

본래 표정이 없다시피 한 그였지만 지금의 모습은 또 달랐다.

철혈성주의 최측근으로서 활동했던 양의, 그의 눈동자에 떠오르는 한기는 거의 북풍한설에 비할 만했다.

그는 품 안에서 하나의 물건을 꺼내 들었다.

그것은 조그마한 목각인형이었다.

나무를 깎아 만든 인형, 어디에서나 볼 수 있을 법한 목각인형이다.

게다가 솜씨 좋은 사람이 만든 것도 아닌 듯하여 모양새도 별로 좋지 않았다.

그러나 인형의 눈 부분.

희한하게도 은은한 붉은빛을 발하는 눈은 도무지 인세의 형태 같지가 않았다.

다른 부위들이 모두 조잡했지만 얼굴, 그것도 눈 부위는 절묘하게 파내어 다듬어졌다.

그런 목각인형의 눈에서 흐르는 붉은 광채가 조금 더 짙어졌다.

그야말로 붉은 안개와도 같았다.

나무를 깎아 만든 목각인형에서 어찌 이런 빛까지 새어 나오는지 알 도리가 없었지만 정작 인형의 눈을 바라보는 양의는 심각했다.

'형님······.'

양문.

그의 쌍둥이 형이자 술법의 대가였던 이.

양의 역시 술법에 있어서 일가(一家)를 이루었다.

술가 영역에서는 천하에서 가히 세 손가락 안에 들어가는 실력자로 통하고 있었다.

자신의 쌍둥이 형에 비해서는 한 수 접어야 한다

는 걸 잘 알았다.

언제나 자랑스러웠던 형.

철혈성주의 야망을 알고, 그 꿈에 몸을 싣기로 하여 서슴없이 칠왕에 속해 첩자의 노릇을 자처했던 형.

'술목군안(術木君眼)의 쌍혈주(雙血珠)······ 그렇다면 형님의 안위에 문제가 생긴 것인가.'

혈연관계에 있는 이들만이 사용할 수 있다는 쌍혈주의 술법이다.

상대의 신변에 문제가 있을 시, 붉은 보석이 박힌 목각인형의 눈에서 안개가 흐른다.

게다가 이 정도 광채라면.

'심각한 것인가.'

더할 나위 없이 짙은 광채였다.

거의 칠 년 전.

죽음을 위장했었던 그때와 거의 비슷할 정도의 광채.

하지만 양의는 믿었다.

절대로 자신의 형이 죽지 않는다는걸.

이미 술법과 무공의 경계가 사라지고 오롯이 정

점에 오른 철혈성주를 논외로 치면, 가히 천하제일 술사(天下第一術士)라 할 수 있는 사람이 양문이었다.

술법계의 천하제일인이라는 소리다.

그런 사람이, 아무리 금술봉법의 당무환과 겨룬다 한들 어디 죽을 것 같은가.

최소한 급박한 위험의 순간에 몸이라도 뺄 능력은 충분한 것이다.

하물며 수신의 이름을 단 마물의 공공도 세상에 나온 흔적을 보았다.

게다가 나옴과 동시에 느껴진 진득한 압박감.

이 정도의 압박감이라면 천하에 산재한 수많은 술법사들이 모두 느꼈을 것이다.

'봉신멸기가 펼쳐졌다. 그렇다면 당무환이 죽은 건 확실해.'

공공은 소환되자마자 기척이 사라졌다. 동시에 천하에 이르는 봉인기가 느껴진다.

십 할의 확률로 당무환이 공공을 봉인하고 죽은 것이다.

양의는 술목군안을 품에 집어넣었다.

여전히 표정에 변화가 없었지만 그는 내심 안도했다.

당무환만 죽었다면 천하에 자신의 형을 어찌할 수 있는 사람은 존재하지 않을 것이다.

그것은 저 철혈성주도 마찬가지.

양문을 이겨 낼 수 있을지언정 죽음에 이르게는 못할 것이다.

그것은 거의 절대적인 믿음이라 해도 과언이 아니었다.

장만위의 신검현기 역시 위험하긴 하다.

술법파괴의 공능에 있어서는 오히려 당무환의 축융종보다 더하다.

그러나 철혈성주에게 외손녀가 인질로 있는 이상, 그는 손가락 하나 까딱할 수 없을 터.

물론 저 하늘이 어떤 못된 장난을 쳐 양문의 생을 거두려 할 가능성은 있다.

하지만 양의는 그럴 일은 없다고 생각했다.

다른 문제가 아니었다.

앙신강림요법마체, 그 재앙신의 힘이 발동될 전조가 없었기 때문이다.

제석의 술수, 봉신멸기, 공공소환 등 무차별적인 거대 술법들이 난무했다는 걸 알았지만 정작 앙신강림요법마체, 마신법의 파동은 없었다.

술법사의 생기를 걸기 때문에 다른 어떤 술법보다도 파동이 클 마신법.

흔들릴 기미조차 없다는 것은 양문이 무사를 뜻한다.

'어서 돌아오시오, 형님.'

대계가 마무리 단계에 접어들고 있다.

이제 철혈성주를 저 하늘 높은 곳으로 보내기만 한다면 그와 형의 꿈이 이루어지는 것이다.

세상이 달라질 것이다.

양의는 앞으로 다가올 거대한 미래를 떠올리고는 가볍게 몸을 떨었다.

그곳은 희망만이 가득한 무릉도원이었다.

양의는 몰랐다.

당무환을 제외하고, 장만위를 제외하고도 세상 모든 술법사들의 천적이 되어 버린 또 다른 존재가 탄생했음을.

신검(神劍)을 든 제왕이, 이 순간 자신들의 턱밑

으로 파고들어 반격의 일검을 내치려는 것을 그는
알 수 없었다.

*   *   *

"호오, 이것은⋯⋯?"

노인은 나직이 감탄했다.

"대단하다. 여기까지 왔음에도 내 모르고 있었구
나. 언제 이리도 컸을꼬? 느껴지는 기세가 실로 무
지막지하구나."

누구에게 말하는 것인지.

노인, 철혈성주는 천천히 정자에서 일어섰다.

그가 피식 웃었다.

"돌발행동이야 내 제일 경계한다지만, 진정 보지
않고서는 배길 수가 없군. 전쟁을 시작하기 전에 한
번 얼굴이라도 봐 두어야겠어."

순간 그의 몸이 사라졌다.

말 그대로 사라진 것이다.

보이지 않는 속도로 이동한 것이 아니라, 그 자리
에서 존재 자체가 사라져 버렸다.

마침내 철혈성주가 움직였다.

          *   *   *

　진조월의 몸이 무시무시한 속도로 전면을 향했다.

　이제는 움직임이라는 표현을 쓰기에도 민망할 정도였다.

　아예 신형조차 보이지 않는다.

　의지가 다다른 순간 이미 그곳에 도달했다.

　완성형에 이른 마제신기가 더 높이 올라갈 곳이라도 있는지 끊임없이 새로운 공능을 부여하고 있었다.

　등에는 파검을 메고 허리춤에는 칠야검을 둘러맨다.

　다른 한 손에는 검집이 없어 어쩔 수 없이 들고 있는 적룡검이 있었다.

　그의 적룡검이 사위를 휩쓸었다.

　불꽃처럼 타오르는 검격이었다.

　한 번의 검격에 철혈성으로 도주를 감행한 검수들

의 몸이 무차별로 터져 나가고 있었다.

끔찍할 정도로 강인한 힘이었다.

아무리 적이라도 이처럼 참혹하게 죽는 데야 마냥 웃을 수는 없는 일이다.

하지만 단기중과 임가연은 물론 백성곡조차 놀라움을 금할 길이 없었다.

지금 진조월이 보여 주는 무(武)는 이전과 달랐다.

비록 검법의 세세함이 떨어진다고 하지만 몸에서 이는 기파나 압도적인 힘은 이미 천하 정점을 향해 올라서고 있었던 것이다.

"기연이 있었나?"

백성곡의 물음에 진조월은 살짝 멈칫했지만 이내 고개를 끄덕였다.

장만위, 기연이다.

다시 만난 과거의 인연이지만 그것은 동시에 기연이었다.

그를 만나지 못했다면 여전히 불안한 스스로를 안은 채, 체내에 언제 폭발할지 모르는 군림마황진기와 광야법공을 안고 괴력난신의 검을 휘두르고 있었을 것이다.

단기중이 혀를 내둘렀다.

"여하간 운 하나는 기똥차게 좋은 놈이군. 이제 선배 행세하기도 힘들겠어."

반쯤은 농이 섞였지만 그렇다고 놀라움이 퇴색되지는 않는다.

이제 진조월의 무는, 세세한 맛이 떨어진다고는 하나 거의 백성곡에 필적할 만했다.

절로 깊어지는 공력에 절정검수들을 상대로 펼쳐지는 검에는 무서운 탄력이 붙었다.

한 번 휘두를수록 극도로 정교해지는 검술이었다.

세 사람은 아무것도 하는 게 없었다. 그저 진조월의 뒤를 따라가기만 했을 뿐이다.

사실 어쩔 수 없는 일이기도 했다.

백성곡이나 단기중의 몸은 정상이 아니다.

내상이 없다지만 마기의 침습을 받았다.

그 농도가 얼마나 짙었는지 광대무변한 칠왕종의 힘으로도 씻어 내기가 힘들 정도였다.

그나마 둘 정도의 무인이라서 깨어나는 시간도 극

도로 빨라진 것이다.

임가연이라고 정상이라 할 수는 없다.

태청단의 거대하고도 순한 약력을 이용, 몸을 수복했다 하나, 온전한 과거의 힘을 생각하자면 아직 멀었다.

움직이면서도 내상을 치료하기 바쁘다.

결국 추적하며 상대를 죽이는 일은 진조월이 모두 맡을 수밖에 없었다.

'아, 태청단!'

그제야 임가연은 자신의 품에 있는 태청단의 존재를 알아냈다.

너무 정신이 없어서 잊어 먹고 있었던 것이다.

"잠시 만요."

투명한 목소리였다. 한 명의 검수를 통째로 베어 버린 진조월이 적룡검을 떨쳐 피를 씻어 낸다.

"무슨 일이오?"

임가연은 백성곡과 단기중 앞에 주머니를 꺼냈다.

주머니에 쌓여 있는데도 고아한 향기가 퍼져 나간다.

절세의 영약, 소림의 대환단과도 견줄 수 있다는 도가(道家) 최고의 성약이 모습을 드러낸 것이다.

그녀는 빠르게 상황을 설명했다.

백성곡이 고개를 끄덕였다.

"네가 하나를 먹은 것은 다행한 일이었다. 정확한 판단이었어."

"상의도 드리지 않고 멋대로 행동한 점, 죄송합니다."

"아니다. 오히려 네가 이렇게라도 회복하지 않았다면 더욱 더딘 행보가 되었을 터. 너의 판단이 옳았다."

백성곡은 주머니 안에서 태청단 한 알을 꺼냈다.

푸르스름한 듯, 어딘지 노을빛이 나는 것도 같은, 어느 하나의 색깔로는 도저히 설명할 수 없는 신단이었다.

당무환이 비상으로 들고 다녔던, 전왕의 후예인 강소란에게 주었던 당가 비전의 절세영약 천화단(天花丹)보다도 싱그러운 기운이었다.

"자네가 하나를 취하게."

백성곡이 단기중에게 태청단을 건넸다. 눈을 끔뻑

이는 단기중, 상당히 놀란 것 같았다.

"제가요?"

"맞아."

"아니, 어찌 이런……."

"살왕이 비록 태청단의 약력으로 기적적인 회복을 했다지만, 아직 체내에는 응축된 약력이 엄청나게 맴돌고 있을 게야. 그것을 수습하기도 벅찬 상황에 태청단 한 알을 더 취하게 된다면 아무리 천사종이라 해도 몸에 이는 부담이 지나치게 커. 과한 힘은 없느니만 못한 것이니 그녀에게 지금 태청단을 줄 수는 없지."

임가연은 실로 옳다는 듯 고개를 끄덕였다.

더군다나 천사종, 비록 마도나 사도의 공부는 아니라고 하지만 도가의 비전성약인 태청단의 힘과 그리 맞는 공부라 하기도 뭣하다.

지금으로써도 충분하고도 넘치는 힘, 살왕의 기예를 펼치기 위해서는 오히려 안 먹는 게 도움이 될 것이다.

"오왕 역시 마찬가질세. 어떤 기연이 있는 줄 모르겠지만 놀라우리만치 강해졌지. 오왕 정도의 신기(神氣)라면 태청단은 그저 몸에 좋은 보약 그 이상도 이하도 아닐세. 지금 그는 자신의 힘을 다스리기에도 바쁜 와중이지."

진조월도 그에 동의했다.

정확한 판단이었다.

마제신기는 그 자체로 완성이 된 신공절학이었지만, 분명 탐독할 여지는 충분했다.

아직 그에 맞는 검법조차 만들어 가는 단계.

거기에 쓸데없는 태청단의 힘 따위, 필요가 없다.

오히려 해가 될 뿐이다.

"자네가 먹어야 될 이유는 이것으로 충분하지."

단기중은 복잡한 눈으로 태청단을 바라보았다.

이 또한 대단한 기연이라 할 수 있을 것이다.

그와 같은 고수에게도 이 정도의 영약은 큰 힘을 발휘한다.

수준이 낮을수록 거대한 힘은 놀랄 만한 기적을 발휘해 기반을 닦아 주지만, 이미 초상승 영역에 접어든 단기중에게도 태청단은 일보(一步)를 내딛게 해줄 교두보로 충분하다.

파천종의 힘이 거세어짐은 물론 체내에 남은 잔존
마기까지 모조리 소탕시킬 수 있는 기회였다.

"알겠습니다. 그럼 제가 먹지요."

받아들일 때는 신속하게.

그는 그 자리에서 태청단을 입에 털어 넣고 가부
좌를 틀었다.

당연히 당장 소화하겠다는 모양새였지만 백성곡이
나 임가연, 진조월은 놀라지 않았다.

어떠한 상황에서도 이젠 놀랄 일이 없다.

한 번, 한 번의 판단에 의미를 두지도 않는다.

이제는 마지막을 향해 나아가는 길, 생사를 초월
한 그들이었다.

"남은 하나는 백 선배님께서 드셔야죠?"

임가연의 말에 백성곡이 고개를 젓는다.

"만약을 위해서 남겨 두도록 하지. 나는 패왕보다
회복력이 빨라. 그가 일어설 때쯤, 내 몸에 있는 마
기가 모두 씻겨 나갈 것이고, 최적의 몸 상태로 만들
수 있네. 그것으로 충분할 걸세."

그렇게 두 사람은 운기조식에 들어갔고 두 사람은
호법을 섰다.

"당신도 몸을 추스르시오. 이곳은 내가 맡겠소."

임가연을 보고 하는 소리였다.

그녀는 잠시 망설였지만 이내 고개를 끄덕였다.

태청단의 힘은 그야말로 놀라워서 움직이는 와중에도 무서운 속도로 몸을 치료하고 있었지만 집중하는 것과는 또 다른 문제였다.

"그럼, 부탁할게요."

"알겠소."

그렇게 얼마나 지났을까.

아침에 떠올랐던 해가 다시 서산으로 내려앉는다.

이른 봄, 아직은 차가운 바람이 진조월의 옷깃을 스치고 지나갔다.

백성곡과 단기중, 임가연의 눈이 번쩍이며 뜨이고.

진조월의 눈에 한광이 떠오른다.

차갑디 차가운 기운.

마제신기의 공능으로 온몸 가득 위엄이 흐르고 있었다.

"누군가가 오고 있소."

간만이었다.

진조월이 이 정도로 긴장한 것은.

적룡검을 쥔 손에 굵은 핏줄이 서고 왼손은 허리춤에 있는 칠야검을 쥔다.

마제신기가 무서운 속도로 온몸을 치달리면서 근육을 풀어 주려 하지만 도무지 진정이 되질 않는다.

그것은 백성곡과 단기중 역시 마찬가지.

임가연만이 오히려 고요했다.

본능적으로 기척을 없애는 것이다.

이처럼 거대한 힘.

거리낌 없이 표출하는 존재감이었다.

숨길 것도 없다는 식이었다.

저 멀리서 다가오는 존재의 힘은 그야말로 천재지변의 그것이라 해도 과언이 아니었다.

백성곡이 신선처럼 허허롭고 전투 시에 무지막지한 힘을 개방한다면, 저 사람은 그냥 자체로 완성이된 자였다.

사방에 빽빽한 나무들이 절로 진동하며 고개를 숙이고 어두웠던 하늘조차 무서워 구름을 끌어다 얼굴을 가린다.

신의 이른 힘.

저 멀리서 다가오는 한 명의 노인을 보며 진조월이 중얼거렸다.

"철혈성주⋯⋯."

노인은 살짝 웃었다.

선풍도골, 신선과도 같은 외양은 백성곡과 닮았지만 어딘가가 다르다.

그가, 웃었다.

"오랜만이야, 다들."

〈『비월비가』 제6권에서 계속〉

1판 1쇄 찍음 2015년 1월 22일
1판 1쇄 펴냄 2015년 1월 27일

지은이 | 산수화
펴낸이 | 정 필
펴낸곳 | 도서출판 **뿔미디어**

편집장 | 이재권
기획 · 편집 | 윤영상

출판등록 | 2002년 9월 11일 (제1081-1-132호)
주소 | 경기도 부천시 원미구 소향로 17번길(두성프라자) 303호 (우)420-864
전화 | 032)651-6513 / 팩스 032)651-6094
E-mail | bbulmedia@hanmail.net
홈페이지 | http://bbulmedia.com

값 8,000원

ISBN 979-11-315-6204-8 04810
ISBN 979-11-315-1144-2 04810 (세트)